KB174736

아미산,
시의 여행을
떠나다

이 책은 2009년 정부재원(교육인적자원부 학술조성사업비)으로
한국연구재단의 지원을 받아 연구되었음(KRF-2009-362-B00002)

아미산,
시의 여행을
떠나다

초판인쇄 2014년 1월 10일
초판발행 2014년 1월 10일

지은이 심우영
펴낸이 채종준
기 획 지성영
편 집 한지은
디자인 윤지은
마케팅 송대호

펴낸곳 한국학술정보(주)
주 소 경기도 파주시 문발동 파주출판문화정보산업단지 513-5
전 화 031-908-3181(대표)
팩 스 031-908-3189
홈페이지 http://ebook.kstudy.com
E-mail 출판사업부 publish@kstudy.com
등 록 제일산-115호(2000. 6. 19)

ISBN 978-89-268-5410-5 93820

이담
Books 한국학술정보(주)의 지식실용서 브랜드입니다.

이 책은 한국학술정보(주)와 저작자의 지적 재산으로서 무단 전재와 복제를 금합니다.
책에 대한 더 나은 생각, 끊임없는 고민, 독자를 생각하는 마음으로 보다 좋은 책을 만들어갑니다.

아미산, 시의 여행을 떠나다

심우영 지음

이담
Books

중국은 서고동저西高東低의 지형으로, 옛날 촉蜀지방이었던 쓰촨 성에는 높은 산이 즐비하다. 그중에서도 총 면적이 154㎢나 되는 아미산은 최고봉인 만불정萬佛頂이 해발 3,099m나 된다. 흔히 아미산을 '수갑천하秀甲天下' 혹은 '아미천하수峨眉天下秀'라고 하여 산세의 특징을 '秀'(수: 빼어나다)라는 한 글자로 귀결할 수 있는데, 이는 형상이나 규모 그리고 높이에서 타의 추종을 불허할 정도로 빼어나다는 의미이다. 보현普賢보살의 아미산은 문수文殊보살의 오대산五臺山(산시 성), 지장地藏보살의 구화산九華山(안후이 성), 관음觀音보살의 보타산普陀山(저장 성)과 더불어 중국 4대 불교 명산으로 꼽힌다. 아미산에는 현재 불교사원이 약 30개가 존재하는데, 이중 팔대사원으로 꼽히는 것이 보국사報國寺, 복호사伏虎寺, 청음각清音閣, 만년사萬年寺, 홍춘평洪春坪, 선봉사仙峰寺, 세상지洗象池, 화장사華藏寺 등이다. 특히 근래에 금정사金頂寺에 건립된 높이 48m의 사면시방보현좌상四面十方普賢座像이 관광객들의 눈길을 끈다.

중국의 아미산은 우리나라에서도 오래전부터 불교 명산으로 알려져, 수많은 관광객이 그곳을 찾았고 지금도 찾고 있다. 1996년에 결성된 우리 답사팀(일명 '상명대학교 중국답사팀')도 2002년 7월과 2010년 8월 두 차례에 걸쳐 그곳을 답사하였다. 첫 번째 답사를 한 후에는 『중국문화답사기 3 −파촉 지역의 천부지국을 찾아서−』(2007.1)를 통해 이미 일반에게 소개하였고, 두 번째 답사의 경우에는 전에 보지 못한 것을 보자는 목적도 있었지만, 개인적으로는 이 책을 출간하기 위한 사전 준비였다고 말할 수 있다.

이 책에서는 모두 45수의 시를 실었다. 인구에 회자되는 시를 최우선적으로 뽑았고, 가능한 한 쉬우면서도 형식미가 뛰어난 시를 차선으로 택했다. 그리고 유명

시인들의 아미산 관련 시를 의도적으로 제시하였다. 그러다 보니 총 6장으로 나누게 되었다. 제1장은 아미산 전경과 관련된 시이고, 제2, 3장은 개체별 자연경물 및 인문경관과 관련된 시를 모았다. 그리고 나머지는 모두 아미산과 관련된 사연이나 인물, 그리고 아미산의 정회 등을 언급한 시를 모았다.

오래전부터 중국의 유명한 산과 관련된 고전시를 국내에 소개해야겠다는 생각에 '중국 유명 산수 시가 시리즈'를 기획했는데, 『태산, 시의 숲을 거닐다』(2010.10)를 시작으로, 작년에는 『형산, 시의 산을 오르다』(2012.9)를, 그리고 올해 『아미산, 시의 여행을 떠나다』를 출간하게 되었다. 학교생활과 개인사정으로 인해 처음 계획했던 대로 진행되지는 않지만, 한시라도 머릿속에서 지울 수는 없었다. 다음에 계획하고 있는 무이산과 백두산을 위시하여 가능한 한 중국의 유명산을 모두 섭렵할 생각이다.

이런 종류의 시를 감상하기 위해서는 이미지가 꼭 필요한데, 답사팀이 찍은 것은 시간과 공간의 한계로 인하여 극히 제한적일 수밖에 없다. 하지만 최근에는 많은 사람들이 자신이 여행한 곳의 이미지를 자신의 홈페이지나 블로그를 통해 소개하고 있으므로 그것을 참고해도 충분하다. 좀 더 많은 이미지를 보고자 하면 '바이두(http://www.baidu.com)'에서 '峨眉山'을 검색하면 된다.

연속으로 출판을 맡아준 한국학술정보(주) 관계자들께 감사드리고, 특히 중국문학에 많은 관심을 보여준 이주은 씨에게 고마울 따름이다.

2013년 12월
연구실에서 태조산을 바라보며 서문을 쓰다

03 인문경관 人文景觀

01

아미산
峨眉山

峨眉山月歌
아미산 달노래

：唐_李白

峨眉山月半輪秋,　가을 밤 아미산에 반달이 솟아
影入平羌江水流.　평강강에 그림자 드니 물길 따라 흐르네.
夜發淸溪向三峽,　밤중에 청계를 출발하여 삼협으로 향하니
思君不見下渝州.　그대 그리워도 보지 못하고 유주로 내려가네.

* 平羌江(평강강) : 강 이름. 아미산 동쪽에 있는 지금의 청의강靑衣江.
* 淸溪(청계) : 평강현 청계역. 지금의 낙산시 관묘향關廟鄕 판교촌板橋村.
* 渝州(유주) : 지금의 중경重慶 일대.

참고 삼협三峽은 장강의 구당협瞿塘峽, 무협巫峽, 서릉협西陵峽을 가리킨다. 일설에는 쓰촨 성 낙산樂山의 여두黎頭, 배아背峨, 평강平羌이라고도 한다. 시인이 출발한 청계淸溪가 평강강 하류지역에 위치하므로, 대부분 전자가 맞는 것이라 인정한다.

이백 李白_리바이, 701~762

자는 태백太白이고 호는 청련거사靑蓮居士이다. 선조는 농서현隴西縣 성기成紀(지금의 간쑤 성 진안秦安) 사람이었으나, 중종 신룡神龍 원년(705)에 쓰촨 성 금주錦州(지금의 성도成都시)로 이주하였다. 어린 시절을 대부분 촉 땅에서 보내고, 개원開元 12년(725) 25세 때 그곳을 떠나 가주嘉州(지금의 쓰촨 성 낙산시)에 도착하였다. 천보天寶 원년(742)에 현종의 부름을 받아 장안으로 들어가 한림원 공봉供奉이 되었다. 그러나 얼마 있지 않아 참소를 당해 강호를 전전하며 술과 시로써 나날을 보냈다. 안록산의 난(755~763) 때 영왕永王 인璘의 막료로 활동하다 다시 옥살이를 했는데, 59세 때 야랑夜郎으로 유배 가는 도중에 곽자의郭子儀에 의해 구명, 사면을 받았다. '시선詩仙'이라 부른다.

해설 이 시는 시인이 처음으로 촉 지역을 떠났던 26세(726) 때 지은 작품이다. 이때 시인은 의기가 충천하고 공명심이 충만하여 세상이 좁아보이던 시기였다. 이 시는 다섯 개의 지명(峨眉山, 平羌江, 淸溪, 三峽, 渝州)을 교묘하게 사용하여 천고의 절창이 되었다. 명대 왕세정王世貞은 이백의 경지가 바로 이런 점에 있다고 하였다.

감상 이 시의 주요 제재는 아미산 달이다. 시인은 배를 타고 청계를 출발하여 삼협으로 향하면서 아미산의 달을 매개로 자신의 심정을 담았다. 앞의 두 구는 아미산 달과 평강강이 어우러져 최고의 아름다운 풍경을 만들어낸 반면, 뒤의 두 구는 미지의 세계로 향해 가면서 고향을 떠나는 아쉬움, 고향에 대한 그리움을 드러내었다. 마지막 구의 '思君不見(사군불견: 그대 그리워도 보지 못하고)'이 시인의 이러한 심정을 그대로 드러낸 것으로, 여기서 '君(군: 그대)'은 아미산의 반달을 의인화한 것이다. 또한 불확실한 미래에 대한 불안감도 한몫을 했다. '추秋'는 '때[시기時期]'라고 해석하기도 하며, 혹은 '飛動(비동: 날아 움직이다)'으로 확대 해석하기도 한다.

登峨眉山
아미산에 올라

:唐_李白

蜀國多仙山,	촉나라에 신선들의 산 많지만
峨眉邈難匹.	아미산에 맞서기는 턱없이 어렵다네.
周流試登覽,	두루 돌아다니다 올라가 보아도
絶怪安可悉.	절묘하고 기이하여 어찌 다 설명하리?
靑冥倚天開,	푸르고 먼 산봉우리 하늘에 솟았고
彩錯疑畵出.	빛깔은 뒤섞여 그림에서 나온 듯하네.
冷然紫霞賞,	초연한 심정으로 붉은 노을 감상하다
果得錦囊術.	마침내 신선술을 익혔다네.
雲間吟瓊簫,	구름 속에서 옥피리 불고
石上弄寶瑟.	바위 위에서 거문고 탄다네.
平生有微尙,	평소에 작은 바람 있었으나
歡笑自此畢.	웃고 즐기니 이것으로 족하도다.
煙容如在顔,	구름 가득 얼굴에 있는 듯하니
塵累忽相失.	속세의 굴레가 돌연 사라지는구나.
倘逢騎羊子,	만약 양을 탄 자 만난다면
攜手凌白日.	손잡고 밝은 해 너머 날아가리.

참고   한나라 무제는 서왕모西王母가 준 〈오진도五眞圖〉와 〈영광경靈光經〉 그리고 상원부인上元夫人이 준 〈육신영비십이사六申靈飛十二事〉를 묶어 한 권으로 만들었다. 여러 경전과 그림도 함께 황금상자로 받들고 백옥함으로 봉한 후, 산호를 굴대로 하고 붉은 비단[자금紫錦]으로 주머니[낭囊]를 만들어 백양대柏梁臺 위에 안전하게 두었다(《한무제내전漢武帝內傳》). 이것이 바로 '금낭錦囊'이다. 도교서를 넣어 보관하는 주머니이므로, '錦囊術'은 즉 '신선술'을 의미한다.

참고   '기양자騎羊子'는 갈유葛由를 가리킨다. 주나라 성왕 때 목양木羊을 만들어 팔다가 그것을 타고 촉으로 들어가니 왕후王侯와 귀족들이 그를 쫓아 수산綏山으로 올라갔다. 그를 따라간 자 모두 돌아오지 않고 신선이 되었다(《열선전列仙傳》).

해설   이백은 쓰촨 성에서 총 24년을 살았다. 여러 차례 아미산을 방문했으나 정확하게 고증된 바는 없다. 수나라 때는 수산綏山, 화인산鏵刅山, 화산花山 등이 아미산과 가깝고 서로 이어져 모두 '아미산'이라고 불렸다. 그리하여 대아大峨(아미산), 이아二峨(수산), 삼아三峨(화인산), 사아四峨(화산)라고 하였다. 성도에서 멀리 보면 대아와 이아가 서로 이어진 것이 마치 여인의 예쁜 눈썹과 같다고 하여 '아미산'이라 불렀다. 아미산의 명칭은 이렇게 해서 시작되었다. 이백은 이 아산에 올라 이 시를 지었다.

감상   이백이 아미산과 관련하여 쓴 시는 약 이십여 편이다. 이 시는 청년 시기(24세)에 지었다. 앞 여섯 구는 아미산의 산세와 절경을 묘사하였고, 뒤 열 구는 신선을 통한 피세避世적 갈망을 표출하였다. 첫째 구에 '선산仙山'을 언급한 것은 시인의 마음이 이미 선계에 있으며, 후반부 내용을 감지할 수 있는 키워드

이기도 하다. 시인은 아미산을 촉 지역 최고의 선산으로 단정하고, '絶怪(절괴: 절묘하고 기이하다)'라는 두 글자로 그곳의 절경을 표현하였다. 또한 한눈에 들어오는 아미산의 풍경을 직관적으로 '青冥倚天開, 彩錯疑畵出(청명의천개, 채착의화출: 푸른 산봉우리 하늘에 솟고, 고운 빛깔은 그림에서 나온 듯싶네)'라고 묘사하였다. '자하紫霞'란 신선이 타고 다니는 자연물이다. 따라서 제8구 '금낭술錦囊術'은 제7구 '자하'의 연장선상에 있으며, 시인의 궁극적 목표인 선계를 향한 출발점이기도 하다. 선계에 이른 시인은 구름과 옥피리, 바위와 비파를 내세워 선계의 일상을 소개하며 신선에 대한 갈망을 내비친다. 그리하여 평소의 조그만 바람[미상微尙]이 여기서 이루어진다고 보았다. 구름 가득한 이곳에서 금방 세상사를 잊을 수 있으니, 나아가 신선을 만나 하늘을 마음껏 자유자재로 오르내리고 싶은 욕망이 생겼다. 시인의 궁극적 욕망이 마지막 연에 분출된 것이다. '시선詩仙'으로 통하는 시인의 명성을 충분히 발휘한 작품이다.

峨眉山
아미산

: 唐_鄭谷

萬仞白雲端,　　만 길 높이 흰 구름 끝엔

經春雪未殘.　　봄 지나도 눈 녹지 않네.

夏消江峽滿,　　여름 다가고 물 가득한 협곡엔

晴照蜀樓寒.　　햇빛 비치나 촉루는 차갑기만 하네.

造境知僧熟,　　경계에 이르며 스님과 친숙해져

歸林認鶴難.　　숲으로 돌아가 학과 알기 어려워졌네.

會須朝闕去,　　모름지기 조정으로 가게 된다면

只有畫圖看.　　단지 그림만 쳐다볼 수밖에.

* 歸林(귀림) : '고향으로 돌아가다'라는 의미를 지니고 있다.
* 認鶴(인학) : '학과 알고 지내다'라는 의미로, '학'은 '은사' 혹은 '수도자'를 의미한다.

정곡 鄭谷_정구, 851~910

의춘宜春(지금의 장시 성에 속함) 사람으로, 자는 수우守愚이다. 희종僖宗 광계光啓 3년(887)에 진사에 급제하여, 경조호현위京兆鄠縣尉(887), 좌습유左拾遺(891), 도관 낭중都官郎中(896) 등을 거쳤다. 중화中和 원년(881)부터 광계 2년(886)까지 촉蜀 지역에 있으면서, 아미산에서 별로 멀지 않은 정중사淨衆寺 칠조원七祖院에 거주 하였다.

감상　　시인은 약 5년간(881~886) 촉 지역에 살았다. 광계 3년(887)에 진사에 급제하였으니, 시작詩作 당시는 벼슬길에 나서지 못했을 때이다. 그가 거주한 곳은 아미산에서 가까운 정중사 칠조원이었다. 이 시는 앞뒤 네 구씩 서경과 서정으로 뚜렷하게 구별이 된다. 시인은 공간적으로 원경遠景은 잔설이 남아 있는 아미산을 대상으로, 근경近景은 써늘한 기운을 내뿜는 촉루를 대상으로 하였다. 시간적으로는 스스로 특색 있다고 여긴, 봄이 끝나도 남아 있는 아미산 잔설과 여름이 끝나갈 무렵인데 벌써 느끼는 협곡의 한기를 자기가 머무는 주위의 환경으로 압축하여 표현하였다. 시인은 절에 머물면서 승려와 많은 친분을 쌓았다. 그 핑계로 고향으로 돌아가 은둔할 생각이 별로 없다. 오히려 출사에 더 관심이 많았다. 수도 장안으로 가면 아미산으로 언제 다시 올지 모르는 일이니, 아미산 그림만 쳐다보며 풍경과 추억을 되새길 수밖에 없지 않은가? 결국 아미산을 떠난 다음해에 진사에 급제하였다.

遊峨眉
아미산에서 노닐며

: 宋_馮時行

巖巒皆創見,	높이 잇닿은 산봉우리 두루 처음이고
草木半無名.	초목의 절반은 이름조차 없도다.
翠削山山玉,	비취색이 산을 깎아 산이 옥이고
光搖樹樹瓊.	빛이 나무를 흔들어 나무가 구슬이로다.
嶺雲隨客袂,	고개 구름은 나그네 소매 쫓고
谷響答僧聲.	골짝 소리는 스님 염불소리에 화답한다.
淸絶渾無寐,	청아함이 지극하여 쉽게 잠 못 드니
空山月正明.	빈산엔 달만 휘영청 밝구나.

풍시행 馮時行_펑스싱, 1100~1163

자는 당가當可이고, 호는 진운縉雲이다. 공주恭州 파현巴縣 낙적樂磧(지금의 중경시 강북현 낙적진洛磧鎭) 사람이다. 선화(1119~1125) 연간에 장원 급제하여 진사가 되었다. 단릉현령丹棱縣令, 봉절현위奉節縣尉, 봉계蓬溪현령 등을 지냈다. 금나라에 항거하다 관직이 박탈되어 중경重慶에서 오두막집을 짓고 학문을 연구하였다. 17년 후에 다시 복직되어 성도부로제형成都府路提刑에 이르렀다.

해설   이 시는 〈유아미遊峨眉〉 11수 중의 제8수이다.

감상   대표적인 서경시이다. 자연과 인간이 하나가 된 물아일체의 전형적인 작품이다. 산속 구름이 나그네 소매를 따라가고, 골짜기 울림이 스님 염불소리에 화답한다고 하였으니, 구름과 나그네, 골짝과 스님이 하나가 되었다. 다시 말해 '쫓다[수隨]'와 '화답하다[답答]'로 인해 그 주체인 '고개구름[영운嶺雲]'과 '골짜기 울림[곡향谷響]'가 의인화되면서 '객客', '승僧'과 더불어 짝을 이루기 때문이다. 시인은 아미산의 외관상 특색으로 두 가지를 내세웠는데, 하나는 높게 이어진 독특한 산봉우리, 그리고 다른 하나는 무성하게 자란 초목이다. 초목이 울창하다는 표현을 '草木半無名(초목반무명: 풀과 나무의 절반은 이름조차 없도다)'이라고 한 것은 눈여겨볼 만하다. 그리고 제3, 4구는 인구에 회자되는 시구로, 초가을에도 볼 수 있는 아미산의 얼음세계와 얼음꽃을 묘사한 것이다. 근체시에는 첩자(산산山山, 수수樹樹)가 원칙적으로 허용되지 않는다. 하지만 이 두 구절은 3/2, 즉 '翠削山/山玉', '光搖樹/樹瓊'으로 나누어 읽어야 한다. 이렇게 볼 때 앞과 뒤는 순접으로 자연스럽게 이어진다. 시각적으로도 충분히 효과를 냈다. '옥玉'과 '경瓊'은 빛의 멈춤과 움직임으로 결정하였다. 그래서 '옥'과 '구슬'로 번역하였다. 아미산의 밤에도 예외 없이 빈산과 밝은 달이 등장한다. 깊은 산 맑은 기운에 달이 훤하니 잠을 이루기가 쉽지 않다. 환경이 바뀐 탓도 있지만, 이런 청아한 곳에서 어찌 잠이 쉽게 들겠는가?

平羌道中望峨眉慨然有作
평강으로 가는 도중에 아미산을 바라보다 감개하여 지음

宋_陸游

白雲如玉城,	흰 구름이 마치 황성皇城 같고
翠岭出其上.	그 위로 푸른 산봉우리 솟았네.
異境忽墮前,	기이한 경계가 홀연 앞에 떨어져
心目久蕩漾.	가슴이 오랫동안 두근거리네.
別來二百日,	이곳을 떠난 지 이백 일 되었는데
突兀喜亡恙.	갑자기 기쁨 솟고 근심 사라지네.
飛仙遙擧手,	날아다니는 신선들은 멀리서 손들어
喚我一稅鞅.	나에게 뱃대끈을 풀라 소리치네.
此行豈或使,	이런 행위가 어찌 시켜서 될까?
屛迹事幽曠.	숨어 살면서 깊고 넓음을 섬겨서지.
何必故山歸,	어찌 꼭 고향산천으로 돌아가야 할까?
更破萬里浪.	더욱이 만 리 격랑 헤쳐가야 하는데.

＊平羌(평강) : 가주嘉州. 즉, 지금의 낙산樂山시.
＊稅(탈) : 벗을 '탈脫'의 뜻으로 쓰였다.
＊鞅(앙) : 말의 가슴에 거는 가죽 끈.

육유 陸游_루유, 1125~1210

저장 성 소흥紹興사람으로 자는 무관務觀이고 호는 방옹放翁이다. 효종 융흥隆興 원년(1163)에 진사가 되었다. 남송의 최고 애국시인이며 다작 시인으로도 유명하다. 건도乾道 9년(1173) 4월에 가주嘉州지주로 발령받아 40일간 머물다 성도成都로 돌아왔다가 다시 보름 만에 가주로 돌아갔다. 다음 해 봄 촉주蜀州(지금의 崇州시)로 발령을 받았다. 가주에서는 도합 9개월 남짓 근무하였으며, 그곳에서 지은 시가 약 100수 정도였다.

해설 이 시는 건도 9년(1173) 10월에 지은 작품이다. 그해 4월에 가주로 발령을 받아갔으니 이곳을 지나간 지가 약 200일 정도 된다. 아미산에서 약 20km 떨어진 구반산 벽운정에서 지은 작품이다.

감상 200일 만에 다시 보는 아미산은 시인에게 남다른 감회를 준다. 그래서 제목에 '개연慨然'이라는 말을 특별히 넣었다. 6개월 전에는 임지로 가는 중이라, 아미산 풍경에 크게 관심을 가질 수 없었다. 그래서 처음 보는 '이경異境'이 자신의 눈앞에 떨어진 것이다. 감상에 도취하여 근심 걱정이 사라지고 갑자기 환희의 순간을 맛보면서, 아미산이 선산仙山이라는 사실을 상기하였다. 신선들이 날아다니다 손짓하며 얼른 마차에서 내리란다. 즉, 벼슬을 놓고 선계로 오라는 얘기다. 물론 관직에서 물러나 선계로 갔으면 하는 시인의 바람에서 나온 상상이다. 시인은 30여 년간 관직에 있으면서 금나라에 대한 주전론을 펼치고 적극적인 애국주의를 표방하였다. 한편으론 마음 한구석에 언제나 고향에 돌아가 전원생활을 하며 한적한 시간을 보내고자 하는 욕구가 자리하였다(실제로 65세에 귀향하여 많은 시를 지었다). 그러나 지금은 고향보다는 최고의 선계인 아미산이 눈앞에 있다. 벼슬길에서 전원생활로 다시 선계로 욕구가 옮겨가는 것은 당시 사대부들의 보편적 바람이었다. 그가 신선을 내세운 것은 바로 이런 맥락에서 찾을 수 있다.

遊峨
아미산에서 노닐며

:元_黃鎭成

峨眉樓閣現虛空,　아미산 누각이 허공에 나타나고
玉宇高寒上界同.　궁전은 높고 추워 천상계와 같아라.
茶鼎夜烹千古雪,　밤엔 차솥으로 천고의 눈을 끓이고
花幡晨動九天風.　아침엔 구천풍이 꽃 깃발을 움직인다.
雲連太白開中夏,　구름이 금성과 이어져 중국을 열고
日繞重玄宅大雄.　태양이 하늘을 둘러싸 부처가 자리한다.
師去想無登陟遠,　스님은 무념무상하며 멀리 오르고는
只應飛錫驗神通.　석장 잡고 하늘 날며 신통함을 증명할 뿐.

* 九天風(구천풍): 하늘 가장 높은 곳에서 부는 바람.
* 太白(태백): 태백성, 즉 저녁 때 서쪽 하늘에 보이는 금성.
* 飛錫(비석): 석장 잡고 하늘을 낢. '석장錫杖'은 승려가 짚고 다니는 지팡이.

황진성 黃鎭成_황전청, 1288~1362

자는 원진元鎭이고 호는 성성자成成子이다. 소무邵武(지금의 푸젠 성에 속함) 사람이다. 원나라 지정至正(1341~1368) 연간에 성 남쪽에 집을 지어 '남전경사南田耕舍'라 하였다. 여러 차례 천거되었으나 나가지 않았다. 나중에 강남유학제거江南儒學提擧에 제수되었으나 오르지 못하고 죽었다.

감상　아미산 정상 만불정에는 지금도 3층 누각이 있다. 금정에서 보는 만불정 누각은 언제나 구름이 지나가고 있어 가히 환상적이다. 소로를 따라 올라가며 아미산 정상을 바라보면 허공에 떠 있는 누각을 보는 것 같다. 그곳은 언제나 높고 추운 하늘이다. 오랜 세월 쌓인 눈으로 차를 끓이고, 아침에 부는 바람은 하늘 끝에서 오는 바람이다. 앞 두 구는 아래에서 본 산정상이고, 뒤 두 구는 정상 부근의 절에서 경험한 것을 재현하였다. 아미산의 구름은 금성과 이어져 중국을 탄생시켰고, 아미산의 태양은 하늘을 둘러싸 부처가 자리 잡았다. 중국의 탄생과 부처의 광림이 아미산으로부터 출발한다는 얘기다. 거기에다 수행하는 스님조차 석장을 잡고 하늘을 자유자재로 날며 초인간적 능력을 보여준다니, 아미산은 과연 신령스러운 산이다. 이 모두가 아미산에 대한 극찬이자 과장이다.

入山
산으로 들어가

: 明_方孝孺

其一	제1수
烏鞋脫却換靑鞋,	검은 신 벗어 짚신으로 갈아 신고
踏遍名山愜素懷.	명산을 두루 다니니 마음이 상쾌하다.
虎嘯石頭風萬壑,	바위에서 울부짖는 호랑이, 골에 이는 바람
鶴眠松頂月千崖.	소나무 정수리에서 조는 학, 벼랑을 비추는 달.
雲開面面峰如削,	구름 걷히자 봉우리는 면면이 깎은 듯하고
谷轉行行樹欲排.	골짜기 돌아서자 나무가 줄지어 늘어선다.
湖海故交零落盡,	초야에 묻힌 옛 친구들 노쇠하여 사라지니
煙霞淸趣幾人偕.	자연의 맑은 흥취 몇 명이나 함께하려나?

방효유 方孝孺_팡샤오루, 1357~1402

자는 희직希直, 저장 성 영해寧海 후성리侯城里 사람으로, 송렴宋濂의 제자이다. 청나라 홍무洪武 25년(1392)에 한중부교수漢中府教授가 되었다. 촉의 헌왕獻王 주춘朱椿이 세자의 스승으로 초빙하였다. 그의 서실 이름이 '정학正學'이라 '정학선생' 또는 '후성선생'이라고도 한다. 건문제建文帝 때 한림박사翰林博士와 시강학사侍講學士를 지냈다. '연적찬위燕賊簒位'라는 글씨 때문에 연왕燕王 주체朱棣에게 살해당했다.

감상　전형적인 산수시이다. 기사記事(제1, 2구)와 서경敍景(제3, 4, 5, 6구) 그리고 서정抒情(제7, 8구)의 결구 형태이다. 첫 두 구를 보면, 산을 오를 때는 우선 신과 복장을 갖추어야 하는데 여기서 검은 신[오혜烏鞋]을 벗고 짚신[청혜靑鞋]을 신는다는 것은, 즉 관복에서 평상복으로 갈아입는다는 의미이다. 평소의 공직생활에서 벗어나 산수를 찾는 일종의 해방감을 맛본다는 뜻이다. 둘째 구의 '명산'은 아미산을 가리킨다. 근체시에서는 함련(제3, 4구)과 경련(제5, 6구)이 대구를 이루어야 하는데, 이 시는 어휘, 어순, 평측 등에서 철저히 규칙을 적용하였다. 각 연의 위아래 두 구를 비교해 보면 쉽게 알 수 있다. 여기에 등장하는 경물은 모두 '虎', '石', '風', '鶴', '松', '月', '雲', '峰', '谷', '樹' 등 모두 열 개이다. 산수 자연의 묘사에 나올 만한 제재는 거의 망라되었다. 마지막 두 구는 친구들에 대한 그리움이다. 초야에 묻혀 사는 옛 친구들이 이제는 쇠약하여 죽고 없으니, 아미산과 같은 자연의 맑은 흥취를 함께 감상할 수 없는 데 대한 아쉬움이 대단히 컸다. 눈앞에 좋은 것이 있을 땐 언제나 더불어 하고 싶은 마음이 생기는 것이 인지상정이다. 시인은 이 순간 친구들을 생각하였다. '호해湖海'는 '호수와 바다'를 일컫는 것이나 '관직해서 물러나 초야에 묻혀 사는'이라는 의미를 지니며, '고교故交'는 '고구故舊'라는 말인데, '옛 친구'라는 의미이다.

三峨
삼아

: 明_周洪謨

大峨兩山相對開,   대아 두 산은 서로 마주보고

小峨迤邐中峨來.   소아는 중아와 구불구불 이어진다.

三峨之秀甲天下,   삼아의 빼어남은 천하제일인데

何須涉海尋蓬萊.   어찌 바다 건너 봉래산만 찾을 건가?

昔我登臨彩雲表,   옛날 나는 오색구름 너머에 올라

獨騎白鶴招青鳥.   홀로 흰 두루미 타고 푸른 새를 불렀노라.

石龕石洞何參差,   석감과 석동이 어찌나 들쭉날쭉한지

時遇仙人拾瑤草.   때때로 신선 만나 요초를 주웠노라.

丹崖瀑布流天河,   붉은 벼랑 폭포에는 은하수가 흐르고

大鵬圖南不可過.   대붕이 남쪽을 꾀해도 지날 수가 없네.

晝昏雷雨起林麓,   어두운 대낮 천둥과 비는 산림을 깨우고

夜深星斗棲岩阿.   깊은 밤 북두칠성은 산모퉁이에 깃든다.

四時青黛如繡繪,   사계절 검푸른 모습 수놓은 그림 같고

岷嶓蔡蒙實相對.   민산, 파산, 채산, 몽산 등이 실로 마주한다.

昔生三蘇草木枯,   옛날 삼소가 나오자 초목이 말라 죽었지만

但願再出三蘇輩.   다시 삼소 같은 자들이 나오길 바랄 뿐.

* 青鳥(청조) : 신화에 등장하는 새로, 서왕모(西王母)에게 식사를 제공하고 편지를 전해주는 역할을 하였다.
* 石龕(석감) : 불상을 두는 돌로 만든 감실. '감실'은 사당 안에 신주를 모셔두는 장(欌).
* 石洞(석동) : 바위나 절벽에 난 동굴. '천연석동'을 '석감'이라고도 한다.
* 三蘇(삼소) : 소순(蘇洵), 소식(蘇軾), 소철(蘇轍) 삼부자. 쓰촨 성 미산(眉山) 출신.

주홍모 周洪謨_저우훙모, 1418~1490

자는 요필堯弼이고 호는 정재箐齋다. 사천四川 장녕長寧 사람이다. 정통 9년(1444)에 거인擧人(지방에서 추천된 사람)이 되어 다음 해에 진사가 되었다. 예부상서禮部尚書를 지냈다.

해설　아미산은 수나라 때 대아(아미산峨眉山), 이아(수산綏山), 삼아(화인산鏵仞山), 사아(화산花山))로 나누었는데, (이백의 〈登峨眉山〉 해설 참조) 여기서는 대아(아미산과 수산), 중아(화인산), 소아(화산)로 나누었다. 그래서 '삼아三峨'라 하였다.

감상　산수자연을 감상하면서 그 형상을 비슷하게 그려내는 것을 형사形似적 묘사라 하고, 내면의 아름다움을 찾아서 정신적으로 승화시켜 그려내는 것을 신사神似적 묘사라 한다. 그런데 이 시는 두 가지 수법을 모두 사용하였다. 또한 현실과 환상이 교차하고, 서경과 서정이 교묘하게 혼재되었다. 제3구 '三峨之秀甲天下(삼아지수갑천하: 삼아의 빼어남은 천하제일인데)'는 '천하제일의 아미산'이라는 얘기다. 남악인 형산衡山을 '남악독수南嶽獨秀'라 하고, 동악인 태산泰山을 '오악독존五嶽獨尊'이라 하듯이 지어낸 말이다. 아미산은 언제나 선산仙山으로 통했다. 그래서 봉래산과 견주었다. 선산인 아미산을 유람한 적이 있는 시인 역시 신선이 되었다. 흰 두루미 타고 하늘 높이 올라간 시인은, 서왕모의 푸른 새도 부르고 다른 신선과 함께 선계의 풀을 뜯기도 하였다. 그리고 은하수가 흐르는 폭포, 대붕도 넘지 못할 산꼭대기, 천둥과 비가 난무하는 산림, 북두칠성이 깃드는 계곡, 사계절 내내 변치 않는 검푸른 모습, 네 개의 산이 빙 둘러 싼 외곽 형상 등을 하늘에서 보았다. 이처럼 시인은 아미산 유람을 발로 하지 않고 날개로 하였다. 날개는 바로 상상이다. 그래서 이 시는 산수시이면서도 내용은 유선시에 가깝다. 시인은 신선세계에서 마음껏 유람하다 마침내 현실로 돌아왔다. 미산 출신인 삼소는 동향인으로 언제나 그의 자랑이었다. 특히 소식은 중국 최고의 유명인사로 그의 우상이었다. 자기 고향에서 최고의 인물이 나오기를 바라는 것은 인지상정이다. '昔生三蘇草木枯(석생삼소초목고: 옛날 삼소가 나오자 초목이 말라 없어졌으니)'는 삼소의 고향인 미산의 노래 가사인 '眉山生三蘇, 草木盡皆枯'에서 나왔다. 산수시가 거의 서정으로 끝나는데, 이 시도 이렇게 끝을 맺었다.

峨眉月
아미산의 달

:明_盧雍

碧樹煙嵐晚不收,	푸른 나무에 낀 안개 저물어도 거두지 못하니
初冬風雨尙如秋.	초겨울 비바람이 오히려 가을 같구나.
無緣坐對峨眉月,	까닭 없이 앉아 아미산 달 마주하며
悵望平羌江水流.	평강강 물줄기를 시름없이 바라보노라.

노옹 盧雍_루융, ?~1522

자는 사소師邵(혹은 師召)이고 장쑤 성 오현吳縣(지금의 소주蘇州) 출신이다. 명나라 정덕正德 6년(1511)에 진사에 급제하였다. 정덕 12년(1517)에 감찰어사監察御使가 되어 사천을 巡按(순안: 여러 곳을 돌아다니며 조사함)하였다. 가정 초(1522)에 사천제학부사四川提學副使로 임명받았으나 부임하지 못하고 죽었다.

감상　시인은 사천에 감찰어사의 자격으로 이 지역을 순안하면서 초겨울 아미산의 달을 노래하였다. 이백의 〈아미산월가〉가 이미 인구에 회자되던 터라, 더 이상의 훌륭한 시를 지을 수가 없었다. 그래서 제1, 2구는 아미산의 초겨울 날씨를 직관적 시각에서 서술하면서, 제3, 4구는 '平羌江水流(평강강수류: 평강 강 물줄기)'를 그대로 사용하여 이백의 〈아미산월가〉를 표절하였다. 하지만 가을 같은 초겨울에 느끼는 아미산의 정경은 시인에게 매우 친화적이다. '벽수璧樹'와 '연람煙嵐' 그리고 '풍우風雨' 등이 오히려 가을을 느끼게 하는 긍정적 산물로 작용하였기 때문이다.

峰頂
봉우리 정상에서

明_楊愼

青靄紅塵此地分,　푸른 구름과 붉은 먼지 이곳에서 나뉘고

飛崖絶壁逈人群.　가파른 언덕 깎아지른 벼랑 사람들과 멀어졌다.

穆王馬跡何曾至,　목왕의 말발자국이 어찌 여기까지 왔겠는가?

望帝鵑聲絶不聞.　망제의 뻐꾸기 소리 또한 결코 들리지 않는다.

春夏未消千古雪,　봄 지나 여름 되는데 천고의 눈은 녹지 않고

陰晴常見一溪雲.　흐렸다 개어도 시내 가득한 구름은 언제나 보이네.

支筇石上寧辭倦,　지팡이 짚고 바위에 올라 편안히 권태로움 말하고

采藥名山喜共君.　명산에서 약초 캐며 그대와 더불어 기뻐하리라.

＊ **穆王**(목왕): 주나라 제5대 왕. '목천자穆天子'라는 이름으로 유명하다.

참고 '목왕마적穆王馬跡'은 '옛날 목왕이 제멋대로 하고 싶어 천하를 두루 돌아다니면서 반드시 수레바퀴와 말발굽 흔적을 남겼습니다(석목왕욕사기심昔穆王欲肆其心, 주행천하周行天下, 장개필유차철마적언將皆必有車轍馬跡焉)'(《좌전左傳·소공십이년昭公十二年》)에서 나온 전고이다.

참고 전국시대 촉왕 두우杜宇가 스스로 왕이라 칭하고 '망제望帝'라 불렀는데, 치수治水로 공을 세우고는 신하에게 선양한 후 서산西山에 은둔하다가, 사후에 새가 되었는데 '두견杜鵑'이라 불렀다. '망제제견望帝啼鵑'은 이 고사에서 나왔다. 애절한 울음소리를 낸다고 하여 내면의 근심과 슬픔을 토해내는 행위로 간주한다.

양신 楊愼_양선, 1488~1559

자는 용수用修이고 호는 승암升庵이다. 쓰촨 성 신도新都 사람이다. 정덕正德 2년(1507)에 거인擧人이 되었고, 정덕 6년(1511)에 신미과辛未科 장원이 되었다. 그리고 한림원수찬翰林院修撰에 제수되었다가 병이나 귀향하였다. 이후 다시 경도로 가서 벼슬하였으나 결국 수자리 병영에서 죽었다.

감상 시인은 아미산을 보통 산과 구별 짓기 하였다. 푸른 구름이 천상이라면 붉은 먼지는 속세다. 아미산의 정상은 이처럼 천상과 속세를 구분하는 경계다. 가파른 언덕[비애飛崖]과 깎아지른 벼랑[절벽絶壁]이 있어 사람들의 접근을 막고 있는 것은, 천상으로 취급되기 위한 하나의 요건이다. 또한 목왕의 신화와 망제의 전설을 더하여 깊은 선산의 이미지를 확고하게 다졌다. 그리고 난 후, 시각적으로 확인할 수 있는 천고의 눈과 시내에 가득히 비친 구름을 묘사하면서 현실로 돌아왔다. 하지만 여전히 다른 산과는 구별 짓는다. 천고의 눈은 아미산의 특징을 규정짓는 주요 메뉴이고, '시내 가득히 비친 구름[일계운一溪雲]'은 소동파의 〈행향자行香子 · 술회述懷〉에서 용전用典한 것이지만, 계곡을 따라 흐르는 맑은 물과 하늘에 떠 있는 구름은 언제나 아미산의 자랑이다. 그래서 시인은 이곳에서 은둔하며 편히 쉬고 약초나 캐면서 여생을 마감하고 싶었다.

九盤望峨眉
구반산에서 아미산을 바라보며

: 清_王士禎

紺壁臨千仞,	남빛 절벽은 천 길에 가깝고
蕭蕭木葉黃.	누런 나뭇잎은 우수수 떨어지네.
水流通越巂,	청의강 물길이 월수군과 통하고
峰遠入江陽.	봉우리는 멀리 강양군까지 뻗쳤네.
十月蠻雲淡,	시월이라 옅은 구름이 거칠어지고
三峨積雪蒼.	아미산에는 희끗한 눈이 쌓이네.
來朝掛帆去,	아침 되어 돛 올리고 가면서
回首意茫茫.	고개 돌려 망망함을 생각하노라.

* **越巂**(월수) : 월수군, 삼국시기 군郡 이름으로 지금의 쓰촨 성 서창西昌지구.
* **江陽**(강양) : 강양구, 쓰촨 성 여주瀘州시에 속함.
* **三峨**(삼아) : 대아, 중아, 소아 즉 아미산.

참고　구반산九盤山은 청의강靑衣江 가에 붙어 있는 작은 산이다.

왕사정 王士禎_왕스전, 1634~1711

자는 자진子眞이고, 호는 완정阮亭이며, 별호는 어양산인漁洋山人이다. 청대 산동성 신성新城(지금의 환대현桓台縣) 사람이다. 청나라 순치順治 15년(1658)에 진사가 되었으며 경사經史에 박통博通하여 주이존과 더불어 양대 종정으로 추앙받았다. 1672년 정일규鄭日奎와 함께 쓰촨 성에 시험을 주관하러 갔다가 가정주嘉定州(낙산)를 방문하였다. 관직은 형부상서刑部尙書에 올랐다.

해설　구반산 자락에 있는 벽운정碧雲亭에서 지은 시로, 근처에 청의강靑衣江이 흐른다. 아미산까지의 거리는 약 20km며, 아미산의 정상이 보인다.

감상　'감紺'은 검은빛에 푸른빛을 더한 '짙은 남빛(암청색暗靑色)'에 가까운 색이다. 산이 높고 비가 많으면 절벽은 주로 검은색을 띤다. 황산의 옛 이름이 '이산黟山'인 것도 바로 이런 이유 때문이다. 누렇게 변한 나뭇잎이 떨어지니, 때는 가을이다. 월수군은 쓰촨 성의 서남쪽 서창시, 강양구는 쓰촨 성의 동남쪽 여주시에 속한다. 아미산을 중심으로 거리가 상당히 떨어져 있어, 지리적으로 정확한 위치를 제시했다기보다는 먼 곳까지 뻗쳐 있다는 의미로 보는 것이 옳다. 시인은 시월의 아미산 풍경으로, 옅은 '만운담蠻雲淡'과 푸른색을 띤 '적설창積雪蒼'을 내세웠다. 멀리서 바라본 구름과 눈은 흔한 소재이나, '만蠻'과 '창蒼'의 가세가 시미詩味를 더한다. 마지막으로 시인은 멀리서 바라본 아미산의 정경을 단 두 글자, 즉 '茫茫(망망: 넓고 멀어 아득함)'으로 요약하였다.

자연경물

自然景物

峨眉聖燈
아미산 성등

: 唐_薛能

莽莽空中稍稍灯,　끝없는 밤하늘에 수많은 작은 등불들
坐看迷濁變澄清.　보고 있노라니 희미한 것이 또렷해진다.
須知火盡烟無盡,　불꽃은 사라져도 연기 남음은 알아
一夜闌邊說向僧.　밤새도록 난간 곁에서 스님께 말을 건넨다.

* 闌(란) : '欄(난간)'의 의미로 쓰였음.

설능 薛能_쉐넝, 817~880

만당晚唐의 저명한 시인이다. 분주汾州(지금의 산시 성 분양汾陽) 사람으로, 자는 대졸大拙(혹은 태졸太拙)이다. 문종 회창會昌 6년(846)에 진사에 급제하였다. 함통 咸通 5년(864)에 검남서천절도부사劍南西川節度副使로 발령받아 성도成都에 살았다. 함통 7년(866) 4월에는 형부원외랑刑部員外郎의 자격으로 가주자사嘉州刺史를 대행하였으나, 다음 해 해임되어 성도를 거쳐 다시 장안으로 귀속하였다.

해설 성등은 '불등佛燈'이라고도 하며, 아미산 사신암舍身巖 아래 협곡 숲속에 나타나는 녹색형광 불빛이다. '불광佛光'과 더불어 아미산의 명승名勝으로 꼽힌다. 날이 갤 때 나타나는데 밝은 달이 떴거나 산 아래 층운層雲이 끼거나 산 정상에 큰 바람이 불면 나타나지 않는다. 쉽게 볼 수 없지만, 과거 여러 사람들의 시문에 보았다는 기록이 등장한다. 이 시는 '성등'의 존재를 최초로 알렸다. 함통 7년(866) 가주자사를 지낼 때 아미산에서 직접 경험한 것을 묘사하였다.

감상 시인은 좀처럼 보기 드문 아미산의 성등을 보았다. 제1구에서 첩자(망망莽莽, 초초稍稍)의 사용은 자신의 눈앞에 전개된 밤하늘과 성등을 대비시켜, 각각의 특색을 드러내면서 동시에 어우러지게 하는 절묘한 효과를 창출하였다. 제2구에서는 불빛이 점점 살아서 눈으로 다가오자, 시인은 '미탁迷濁'에서 '징청澄淸'이 되었다고 하였다. 시인이 느낀 시각적 변화를 직설적인 언어로 형상화한 것이다. 제3, 4구는 불꽃[화火]은 사라졌지만 피어나는 연기[연煙]를 핑계로 밤새도록 난간 옆에서 스님과 얘기를 나누었다는 내용이다. 성등은 불빛일 뿐 불꽃이 아닌데 어찌 연기가 나겠는가? 승려와의 대화를 지속하고자 하는 시인의 강한 욕구를 읽을 수 있다.

題眞人洞
진인동에서 적다

:宋_范鎭

天柱嵯峨列五峰,　하늘기둥 높고 험하니 다섯 봉우리 늘어섰고

連雲接岫郁重重.　구름과 산봉우리 이어져 겹겹으로 성하네.

問津偶得神仙宅,　나루터 묻다 뜻밖에 선가仙家 얻어

何日投閑便寄踪.　어느 날 한가로이 발자국을 남길까?

* 眞人(진인) : 도교의 깊은 진리를 깨달은 사람. 혹은 신선세계 관부官府의 고급관료. 《장자》에
　　서는 근원적인 도를 체득體得한 자를 일컬음.

참고 진인동眞人洞은 손사막孫思邈이 진사辰砂(수은으로 이루어진 황화 광물)로 불로불사약을 만들던 곳이다.

참고 손사막(581~682)은 수말당초隋末唐初 경조京兆 화원華原(지금의 산시 성 요현耀縣) 사람이다. 평생 약초를 채집하고 의학연구에 전념하다 만년에는 오대산에 은거하며 저작에 몰두하였다. 일생동안 80여 종의 의학서적을 썼으며, 그중 《천금요방千金要房》과 《천금익방千金翼方》은 후세에 많은 영향을 끼쳐 '약왕藥王' 혹은 '의신醫神'으로 추앙받는다. 그는 또한 도사로도 유명한데 도교를 신봉하던 휘종으로부터 '묘응진인妙應眞人'이라는 시호를 얻었다. 두 번 아미산을 방문하여 채약하고 연단하였는데, 구도勾度라는 제자를 거두어 우심사牛心寺에 머물렀다.

범진 范鎮_판전, 1007~1087

자는 경인景仁이고, 호는 동재東齋다. 화양華陽(지금의 성도成都) 사람이다. 보원寶元 원년(1038)에 진사가 되어 지간원知諫院이 되었다. 원우元祐 원년(1086)에 단명전학사端明殿學士로 기용되었으나 고사하고, 여러 차례 촉군공蜀郡公에 봉해졌다. 63세에 벼슬에서 물러나, 희녕熙寧 8년(1075)에 청성산靑城山과 아미산을 유람했다.

감상 시인은 손사막이 연단煉丹을 하였다는 동천洞天을 방문했다. 아미산은 선산仙山으로 산세가 보통이 아니다. 하늘기둥처럼 높이 솟은 다섯 봉우리, 주위의 크고 작은 산봉우리를 에워싼 구름, 이것이 바로 아미산의 실경이다. 시인도 언뜻 신선이 되어 한가로이 거니는 상상을 하였다. 불가능한 일이긴 하지만 동천에 와서 할 수 있는 최고의 정신적 해탈이다.

題孫思邈真人洞
손사막 진인동에서 적다

: 宋_蘇軾

先生一去五百載, 선생께서 가신지 이미 오백 년

猶在峨眉西崦中. 여전히 아미산 서쪽 산중에 있구나.

自爲天仙足官府, 스스로 신선이 관부에 많다 여겼지만

不應尸解坐虻蟲. 시해에 응하지 않고 쇠파리 곁에 앉았다.

* 官府(관부) : 여기서는 천상에 있는 신선세계의 조정이나 정부를 가리킴.
* 尸解(시해) : 몸만 남기고 혼백이 빠져나감. 또는 그렇게 하여 신선으로 화하는 일.

참고   손사막에게 언젠가 신선이 내려와 말하기를, "그대가 천금방千金方을 지어 사람을 구제한 공은 크다 하겠으나, 생물을 죽여 약으로 썼으니 그 해 또한 대단하다. 따라서 시해尸解할 적에 대낮에 가볍게 들려지지 못할 것이다." 하였으므로, 그 뒤로는 손사막이 벌레나 곤충 대신 초목草木으로 약을 썼다는 이야기가 《선전습유僊傳拾遺》에 전해 온다.

소식 蘇軾_쑤스, 1037~1101

자는 자첨子瞻이고, 스스로 동파거사東坡居士 혹은 노천산인老泉山人이라 하였다. 미주眉州 미산眉山(지금의 쓰촨 성 미산시) 사람이다. 가우嘉祐 2년(1057)에 진사가 되었다. 모친상을 당하여 아버지 소순蘇洵과 동생 소철蘇轍과 함께 촉지역으로 돌아왔다. 삼부자는 가주嘉州(지금의 낙산시)를 경유하면서 그곳 일대를 유람하였다. 나중에 예부상서에 올랐다.

감상   앞의 시 범진范鎭의 〈제진인동題眞人洞〉은 동천을 통한 신선세계로의 상상이라면, 이 시는 손사막의 위대한 의술과 백성 구제의 고귀한 뜻을 기린 것이다. 시인은 그가 충분히 신선이 될 수 있는 요건과 자격을 갖추었음에도 불구하고 신선이 되기를 포기하고, 백성의 건강을 위하여 쇠파리 곁에 앉아 의약 연구에 몰두한 데 대한 무한한 존경심을 표현한 것이다. 소식 특유의 독창적인 낭만과 견해로 자신의 흉금을 떨쳐낸 작품이다.

孫眞人庵
손진인의 암자

:宋_范成大

何處仙翁舊隱居,	선옹이 오래전에 어딘가 숨어 살았는데
青蓮巉絶似蓬壺.	청련봉 깎아지른 것이 마치 봉래산 같구나.
雲深未到淘朱洞,	구름 깊어 도주동에 이르지 못하고
雨小先尋煉藥爐.	부슬비 내려 연약로를 먼저 찾네.
澗下草香疑可餌,	개울 아래 향초는 먹을 수 있다 싶고
林間虎伏試教呼.	숲 속 엎드린 호랑이 한번 시켜 불러보네.
閒身盡辦供薪水,	한가로운 몸 힘 다해 땔나무와 물을 바치면
定肯分山一半無?	기꺼이 산의 반을 떼어 주겠지?

* 青蓮(청련) : 우심사 맞은편에 있는 청련봉.
* 淘朱洞(도주동) : '도미천淘米泉' 혹은 '세약천洗藥泉'이라고 부른다. 손사막이 우심사에 머물 때 쌀을 일거나 약초를 씻던 샘이고, '洞'은 그 골짜기를 말한다.
* 煉藥爐(연약로) : 연단을 할 때 쓰는 기구.

참고 당 희종僖宗 연간에 강릉江陵의 고승高僧인 혜능선사慧能禪師가 이곳을 지나는데 물이 불어 건널 수가 없었다. 가만히 보니 그 옆에 호랑이가 한 마리 웅크리고 있어 그것을 밟고 개울을 건넜다. 이리하여 '호복계虎伏溪'라 불렸다.

범성대 范成大_판청다, 1126~1193

장쑤 성 소주 사람으로 자는 치능致能이고, 호는 석호거사石湖居士이다. 소흥에서 진사가 되어 지방관을 지냈으며, 2개월이긴 하지만 부재상副宰相의 지위인 참지정사參知政事까지 올랐다. 건도乾道 6년(1170)에는 금나라와 담판을 벌이면서 불굴의 항쟁을 주장하다 겨우 죽음을 면하였다. 순희淳熙 9년(1182)에 고향인 석호로 돌아왔다. 귀은歸隱한 후에는 주로 전원시를 써서 송대 최고의 전원시인으로 이름을 날렸다.

해설 순희淳熙 4년(1177)에 시인은 사천제치사四川制置使 겸 성도지부成都知府의 임기를 마치고 아미산과 낙산을 유람하였다. 이때 많은 시문을 지었는데, 나중에《석호집》에 모두 넣었다. 이 시도 그중의 한 수이다.

감상 시인은 약왕 손사막이 구도勾度라는 제자를 만나 머물렀다는 우심사를 찾았다. 맞은편 깎아지른 듯한 청련봉을 보고 여기가 신선들이 산다는 봉래산이 아닌가라는 생각을 언뜻 하였다. 여기저기 기웃거리며 손사막의 흔적을 찾는 와중에, 호복계에 이르러서는 당 혜능선사의 고사가 생각나 호랑이를 불러 보기도 하였다. 50세가 지난 시인은 곧 관직을 떠나 은퇴할 결심에 이곳에서 숨어 살면 어떨까하는 생각을 해 보았다. 마지막 구의 '분산일반分山一半'은 꼭

'반'이 아니라 '크게' 나누어주는 의미이다. 그럼 누가 나누어준단 말인가? 그 주체는 앞 구에 제기된 땔나무와 물을 받는 사람인데, 즉 손사막이다. 오래전 이곳에서 은둔한 적이 있는 손사막을 대상으로 스스로 질문을 던진 것은 옛 은사隱士에 대한 애교 섞인 조크다. 서경과 서정 그리고 전고가 적절하게 조화를 이루어 후대에 극찬을 받는 작품이다.

雷洞坪
뇌동평

宋_范成大

行人魄動風森森,　행인들이 몸을 움직이자 바람이 스산해지고

兩崖奔黑愁太陰.　양쪽 벼랑 사이로 먹구름 달려오니 짙은 어둠에 시름겹다.

不知七十二洞處,　일흔두 개 동굴이 어딘지 알 수 없어

側足下窺雲海深.　옆쪽 발아래 두터운 운해 사이를 엿보노라.

聞有神龍依佛住,　뇌신雷神과 용신龍神이 부처에 의지해 살면서

根觸須臾召雷雨.　건드리면 금방 천둥과 비 불러온다 하네.

兩川稻熟須好晴,　양쪽 하천가 벼 익을 땐 모름지기 갠 날씨가 좋다하고

我亦閒遊神勿驚.　나 역시 한가롭게 노니니 신들을 놀라게 하지 말지어다.

참고 뇌동평雷洞坪은 연망파連望坡 위에 위치하며 해발 2,430m이다. 뇌신전雷神殿은 한대漢代 때 지은 것으로 당송시기에는 뇌신사雷神祠라 하였으며, 청 건륭 연간에 중수重修하였다. 현재 있는 것은 1992년 재건한 것이다. 중앙에 미륵불상이 있고, 그 주위는 장엄하다. 절벽 아래로 72동洞이 있는데 용신龍神과 뇌신雷神이 거주한다고 믿어, 사람들은 가뭄이 들면 이곳에 와서 빌었다. 맑은 날씨라도 이곳에서 소리를 지르면 용신과 뇌신을 노하게 하여 금방 천둥과 비를 가져온다고 하여 '禁聲(금성: 소리 금지)'이라는 쇠 팻말이 붙어 있다.

감상 뇌동평과 관련된 전설을 제재로 삼았다. 바람이 일고 구름이 덮쳐 어두워지자 시인은 오랜만의 나들이에 천둥비가 올까 걱정이 되었다. 뇌동평의 전설을 염두에 둔 도입 단계다. 그리고는 '칠십이동七十二洞', '운해雲海', '신룡神龍', '뇌우雷雨'가 이어져 나오면서 전설을 소상히 전한다. 비 그친 뒤 땅은 햇빛을 받아 벼가 무럭무럭 자라고, 해발 2,000m가 넘는 뇌동평에서 시인이 유람을 즐기니, 천둥과 비가 없는 날씨가 계속 되었으면 하는 바람도 아울러 작용하였다. 자신의 경험과 뇌동평의 전설이 잘 어우러진 시로, 인문경관을 대상으로 한 전형적인 작품이다.

眞人洞
진인동

: 明_安磐

醉里登山步步危,　취중에 산 오르니 걸음걸음 위험하고

尋眞無路立多時.　진인동 가는 길 없어 오랫동안 서 있었네.

懸岩水落靑林濕,　낭떠러지에서 물 떨어져 푸른 숲은 축축하고

幽壑雲平白日遲.　깊은 골짜기에 구름 깔려 밝은 해는 더디네.

方外尙傳三品藥,　속세 밖에선 여전히 상중하 삼품의 약이 전하고

洞中今見萬年芝.　동굴 안에는 지금도 오래된 영지가 보이네.

杖藜我有煙霞癖,　지팡이 짚고 산수 찾는 병적인 이 버릇은

借問先生可得醫.　선생께 물어보면 낫게 해 줄 수 있으리라.

* 煙霞癖(연하벽): '연하지벽'의 줄인 말. '천석고황泉石膏肓'과 같은 의미. 즉 산과 물을 지나치
  게 좋아하여 불치병이 든 것과 같음.

안반 安磐_안판, ?~?

자는 공석公石이고 호는 송계松溪이며 별호는 이산頤山이다. 자칭 '이산노인'이라 하였다. 명대 쓰촨 성 가정주嘉定州(지금의 낙산시) 사람이다. 홍치弘治 14년(1501)에 거인擧人이 되어 18년(1505)에 진사가 되었다. 정덕正德 연간(1506~1521) 초기에 이·병과급사중吏·兵科給事中을 지냈고, 나중에 휴직하고 고향으로 돌아왔다. 가정嘉靖 초기(1522)에 복직하였으나, 가정 7년(1528) 봄에 의대례議大禮(명 세종 생부의 호칭 문제로 야기된 정치사건)로 인하여 제명되어 고향으로 돌아와 죽었다.

감상 시인은 진인동에 오르기 전날 과음하였다. 다음날 취중에 아미산에 오르니 걸음걸음마다 위태롭고, 가는 길을 몰라 한참 헤맸다. 오르다 보니 폭포도 있고 골짜기엔 구름 가득해 해를 잘 볼 수가 없다. 진인동에 도착한 후에는 '三品藥(삼품약: 상중하로 나눈 영약)'과 '萬年芝(만년지: 오래된 영지)'를 내세워 약왕인 손사막의 존재를 상기시켰다. 시인은 스스로 천석고황에 빠진 자라 여기며, 치료할 수 있는 자는 오직 손사막뿐이라고 생각하였다. 여기서 시인은 두 가지 효과를 동시에 노렸다. 하나는 자신이 산수에 빠진 자임을 은근히 내세웠고, 다른 하나는 치유할 수 있는 자가 오직 손사막밖에 없다는 것을 강조하였다. 시인에게는 산수 유람이 결코 일시적인 놀이에 그치는 것이 아니라 자연미를 직접 경험하고 그것을 형상화하는 작품 활동의 일환이었다. 그래서 산과 물을 지나치게 좋아하는 것은 결코 허물이 아니고 자랑이었다. 또한 시인의 병이 아무리 깊어도 치유할 수 있다다니, 손사막은 더욱더 명의가 되는 게 아니겠는가?

雷洞坪
뇌동평

明_安磐

其一	제1수

昔年望峨眉,　　옛날에 아미산을 바라보며

往往夢高洞.　　가끔 높은 동굴을 꿈꾸었는데.

今日遊峨眉,　　오늘 아미산에서 노닐다 보니

忽忽復如夢.　　문득 다시 꿈을 꾸는 듯하네.

其二	제2수

虛明八百洞,　　팔백 동굴 시원스레 뚫렸고

突兀三千峰.　　삼천 봉우리 우뚝 솟았네.

山靈欲行雨,　　산신령은 끝내 비를 뿌리려고

半夜鞭群龍.　　한밤중에 뭇 용들을 채찍질하네.

감상 시인은 늘 아미산을 꿈꾸었다. 드디어 그 꿈이 실현되었다. 하지만 아미산을 찾은 시인은 여전히 현실이 아닌 꿈속이었다. 제1수는 꿈으로 시작해 꿈에서 끝났다. 그래서 시안詩眼은 '몽夢'이고, 제목과 관련된 것은 '동洞'이다. 그리고 제2수에서 '동'은 계속 이어진다. 하지만 드러내 놓고 뇌동평을 묘사한 내용은 없다. 동굴[동洞]은 산봉우리[봉峰]와 함께 동등한 비중으로 등장하였고, 한밤에 비가 올 것 같다는 것을 뇌동평의 전설을 통해 재미있게 꾸몄다. 앞의 시와는 달리 구체적인 설명은 없지만, 뇌동평의 전설과 당시의 정황, 그리고 시인 자신의 아미산에 대한 동경이 충분히 내재된 시이다.

題峨眉金頂圖
〈아미금정도〉에 적다

: 民國_張大千

千重雪嶺棲靈鷲,　천 겹 설령에 신령스런 독수리 깃들고

一片銀濤護寶航.　한 조각 은백색 파도가 보물선을 지키네.

五岳歸來恣坐臥,　오악에서 돌아와 아무렇게나 기거하다

忽驚神秀在西方.　갑자기 신수神秀함에 놀라 서방정토에 있는 듯하네.

* 雪嶺(설령) : 눈 덮인 고개. 눈 쌓인 산봉우리.
* 靈鷲(영축) : 신령스런 독수리. 석가모니가 처음으로 法問(법문 : 불법佛法에 대해 묻고 답하는
　　　　　것)을 행한 산.
* 西方(서방) : 서방정토西方淨土 극락세계極樂世界.

참고　아미산에는 큰 봉우리가 세 개 있는데, 만불정, 천불정, 금정이라고 부른다. 금정은 바위산 꼭대기로 해발 3,077m이며, 거기에는 금정사라는 사찰이 있다. 사찰의 법당으로 금전金殿, 은전銀殿, 동전銅殿이 있으며, 동전의 정면에는 높이 48m의 황금으로 입혀진 사면시방보현좌상四面十方普賢坐像이 있다.

장대천 張大千_장다첸, 1899~1983

원래 이름은 정권正權인데 나중에 애愛로 바꾸었다. 쓰촨 성 내강內江 사람이다. 민국 6년(1917)에 일본에 유학하여 그림을 배운 후 2년 만에 돌아왔다. 얼마 후 송강松江 선정사禪定寺로 출가하여 '대천大千'이라는 법호를 얻었다. 삼 개월 만에 환속하였다. 중국 근대 최고의 산수화가이다.

해설　장대천은 능운산에서 바라본 아미산의 설경이 너무나 아름다워 〈아미금정도峨眉金頂圖〉를 그리고, 이 시를 그림에 적었다.

감상　그림과 제시題詩는 화의畵意와 시정詩情처럼 불가분의 관계에 있다. 아미산은 불교의 성지로서 영축산에 비길 만하다 여겼고, 절벽 위 꼭대기에 놓여 있는 금정사는 보물선[보항寶航]이라 여겼다. 이것이 가능한 이유는 구름을 파도로 보았기 때문이다. 또한 오악에서 돌아와 편히 쉬던 차에 신기神奇하고 수려秀麗한 아미산의 자태를 재발견하고, 여기가 바로 서방정토 극락세계가 아닌가라는 생각을 하였다. 장대천은 시인으로서 보다는 화가로 더욱 유명하다. 그림에 덧붙여 자신의 감회를 題畵詩(제화시: 그림에다 적는 시)로 엮었다.

03

인문경관 人文景觀

初殿
초전

:宋_范鎭

前去峨眉最上峰,　아미산 최고봉을 향해 나아가는데

不知崖嶂幾千重.　절벽이 몇 천 겹인지 알 수가 없네.

山僧笑說蒲公事,　스님이 웃으며 포공 고사를 말하니

白鹿曾於此發踪.　백록은 일찍이 이곳에 발자국을 남겼다네.

참고　초전初殿은 아미산 화엄정華嚴頂 아래 낙타령駱駝嶺에 있으며 해발 1,732m이다. 동한 명제 영평永平 6년(63)에 아미산 은사隱士인 포공蒲公이 약초를 캐다가 연꽃처럼 생긴 사슴 발자국을 보고 쫓아가다 산꼭대기에 이르렀다. 갑자기 하늘에서 신선들의 음악소리가 들려 고개를 드니, 누런 가사袈裟를 걸친 보현普賢보살이 상아가 여섯 개인 흰 코끼리를 타고 오색의 상서로운 구름을 지나 하늘로 날아가는 모습을 보았다. 이에 포공이 자신이 살던 집을 절로 바꾸고 '초전初殿'이라 명명하였다.

감상　인간이 눈으로 보는 것은 자연의 수려함이지만, 인문적 신화 얘기를 덧붙이는 것은 자연과 사람은 언제나 하나라는 천인합일의 정신에서 출발한다. 시인은 앞 두 구에서 아미산의 험준함을 묘사하였고, 뒤 두 구에서는 포공의 고사를 인용하였다. 아미산은 이처럼 험준함과 신비함을 겸비한 명산이자 보현보살을 모신 불교 성지이다.

雪齋(杭僧法言, 作雪山于齋中)
설재(항주 승려 법언이 집 안에 설산을 만들다)   :宋_蘇軾

君不見,	그대는 보지 못했는가?
峨眉山西雪千里,	아미산 서쪽으로 천 리 길 눈 내리고
北望成都如井底.	북쪽 성도를 바라보면 우물 바닥 같은 걸.
春風百日吹不消,	봄바람이 오랫동안 그치질 않으니
五月行人如凍蟻.	오월 행인 모습이 얼어붙은 개미 같구나.
紛紛市人爭奪中,	잇달아 도시 사람들 다투고 뺏는 와중에
誰信言公似贊公.	그대가 찬공贊公 같다고 하여도 누가 믿을까?
人間熱惱無處洗,	인간들의 극심한 괴로움 씻을 곳 없어
故向西齋作雪峰.	서재西齋를 향해 설봉雪峰을 만들었네.
我夢扁舟適吳越,	나는 조각배로 오월지역을 다니길 꿈꾸었는데
長廊靜院灯如月.	긴 주랑, 조용한 뜰, 달 같은 등이 여기에 있네.
開門不見人與牛,	문 열면 사람과 소는 보이지 않고
惟見空庭滿山雪.	빈 마당에는 산 가득히 내리는 눈만 보일 뿐.

＊贊公(찬공) : 두보와 막역한 사이인 승려.

참고   설재雪齋는 서림법혜원西林法惠院의 동헌東軒을 말한다. 언사言師는 그곳 승려로 승명僧名은 법언法言이고, 자는 무택無擇이다.

해설   소식은 항주에서 많은 승려와 사귀었는데, 그중의 한 사람이 법혜원 언사이다. 서림법혜원은 소식의 근무처와 가까운 곳에 있었다. 언사가 법혜원 안에 동헌을 지으면서 연못을 만들고 돌로 산을 만들었다. 그곳에서 물을 뿌리면 마치 눈이 날리는 것과 같아서 소식은 동헌을 '설재'라 불렀다. 그리고 4년 후 소식이 팽성彭城(장쑤 성)태수로 있을 때, 그의 조수이자 전각가인 필경유畢景儒가 편액에 글자를 새기고, 자신은 시를 지었다.

감상   시인의 과장이 보통이 아니다. '군불견君不見'으로 시작하는 것이 이백의 〈장진주將進酒〉를 연상케 한다. 아미산이 아무리 높다 한들 그곳에서 수백km 떨어진 성도成都가 어찌 보일까? 아미산이 아무리 높다 한들 한여름인 음력 5월에 지나가는 사람들이 어찌 얼어붙은 개미처럼 보일까? 모두 시詩니까 가능한 얘기다. 도시생활이란 언제나 어수선하고 복잡하다. 쟁탈전이 하루라도 일어나지 않으면 안 된다. 이런 와중에 법언은 시인에게 두보와 절친했던 찬공 같은 존재였다. 그가 법혜원에다 가산假山을 만들었다. '설봉雪峰'이라고 한 것은 제1구의 '설'과 관련 있는 것으로 아미산을 연상케 하기 위함이다. 항주는 겨울에도 좀처럼 눈이 내리지 않는다. 또한 언사가 가산을 만든 목적은 인간의 번뇌를 씻어주기 위함이라고 자의적으로 결론을 내렸다. 사찰정원인데다 불교 명산인 아미산과 관련지었기 때문이다. 그곳에는 가산뿐만 아니라 주랑, 마당, 등불의 조화가 모두 시인이 꿈꾸던 오월지역의 정원에 비해 뒤지지 않는다. 따라서 사람과 소는 보일 리 없고 둥그러니 가산만 있다. 마지막 구절에 '만산설滿山雪'이라고 한 것은 물을 뿌리면 마치 눈과 같다고 여겼기 때문이다. 가산에 눈이 가득 쌓여 있는 게 아니다. 시인이 아미산에 대하여 얼마나 동경하고 있는지 알 수 있는 작품이다.

臥雲庵
와운암

:明_楊愼

峰頂散朝陽,　　봉우리 정수리에 아침 햇살 흩어질 때

憑高眺渺茫.　　높은 난간에 기대어 아득히 먼 곳 바라본다.

山嵐銀色界,　　산속 이내는 은빛 세계 만들고

寶氣白毫光.　　보배로운 기운은 가는 흰빛으로 새어나온다.

天闕塵氛淨,　　하늘 궁궐에는 속세의 기운 전혀 없고

煙霄草木香.　　안개구름 속 풀과 나무는 향기롭구나.

不知西極外,　　서쪽 끝 너머를 알 수 없으니

何處有空王.　　부처님은 도대체 어디에 계신 걸까?

* 空王(공왕) : 부처.

참고   와운암은 아미산 꼭대기 해발 3,065m에 위치하고 있다. 구름이 누운 것처럼 보인다 하여 붙인 이름이다. 당나라 시인 가도賈島의 〈송와운암승送臥雲庵僧〉에서 알 수 있듯이, 당나라 때 이미 존재하였다. 명나라 가정嘉靖 연간에 성천화상性天和尚이 중건하였으나, 명말에 완전히 훼손되어 형태조차 찾을 수 없었다. 그리하여 청나라 강희 초기에 가문화상可聞和尚이 재건하였는데, 그의 제자인 조원照圓, 조옥照玉, 조단照端, 조원照元 등이 20년을 고생하여 완성하였다. 그 후로도 몇 차례 중건하였다.

감상   시인은 아미산 정상에 있는 와운암에서 하루를 묵고, 다음 날 아침 그곳에서 아미산 풍경을 만끽하였다. 첫 두 구는 기사記事, 중간 네 구는 서경, 마지막 두 구는 서정이다. 이 시는 아침 햇살을 받은 아미산의 풍경을 내레이션 하듯이 전개하였다. 그래서 이 시를 읽으면 마치 영상을 보는 듯하다. 아지랑이가 뿌옇게 핀 산속에 갑자기 햇빛이 들면서 찬란한 은색세계로 변하고, 그 사이로 새어나오는 가늘면서도 강렬한 빛은 하늘이 내려주는 보배로운 기운이다. 여기서 '하늘 궁궐(천궐天闕)'은 와운암이다. 그래서 속세의 기운이 전혀 느껴지지 않는다. 거기에다 안개구름 속 자연 향기는 더욱 감미롭다. 인문경관(와운암)이 찬란한 자연경관에 둘러싸여 있음을 알 수 있다. 마지막으로 시인 자신이 산사에 머물고 있다는 사실을 잊지 않았다. 그래서 부처가 등장하였다. 부처를 '공왕空王'이라고 한 것은, '색즉시공色卽是空'에서 그 의미를 찾을 수 있는데, 모든 사물은 영원히 존재할 수 있는 고정적 실체가 없기 때문에 자성自性이 없다는 것을 의미한다. 텅 빈 공간인 '허공'과 같은 존재이지만, '허무'를 의미하는 것은 아니다.

雙飛橋
쌍비교

清_劉光第

天際雙虹掛,	하늘가에 걸린 쌍 무지개
何年墮劫塵.	언제 인간세상으로 떨어졌나?
泉分太始雪,	샘물이 태초에 눈에서 나왔으니
人立過來身.	사람들은 선 채로 몸을 돌린다.
絶壑晴巒午,	한낮 깎아지른 골짜기가 맑게 개니
深山亂石春.	봄날 깊은 산에 바위가 어지럽구나.
遙知白龍洞,	멀리서도 백룡동을 알겠노라
銀氣爛如銀.	하얀 기운이 은빛처럼 빛나는 것을.

참고　아미산 청음각淸音閣 주위로 흑룡강과 백룡강이라는 두 줄기 계곡물이 흐른다. 하나는 현무암 층단層段을, 다른 하나는 백영암白瑩岩 층단을 흘러간다. 물에 비친 돌 색깔에 따라 이름을 붙인 것이다. 우심정牛心亭 양쪽으로 각각 아치형 다리를 놓았는데, 이것이 새가 날개를 펼쳐 나는 모양이라 하여 '쌍비교'라 하였다.

참고　'백룡동白龍洞'은 '백룡사白龍寺'라고도 부른다. 해발 800m에 위치하고 있으며, 청음각 위로 약 1km쯤 떨어져 있다. 명나라 가정 연간에 별전선사別傳禪師가 창건하였다. 백룡동은 원래 두 개였으며, 백낭자白娘子가 수행하던 곳이라 붙인 이름이다.

유광제 劉光第_류광디, 1859~1898

호는 배촌裴村이고, 사천 부순현富順縣 사람이다. 광서 9년 계미과癸未科 이갑二甲 진사가 되었다. 형부주사刑部主事를 제수받았다. 무술정변戊戌政變 중에 혁신정치에 참여하였다가 피해를 입은 '무술육군자戊戌六君子' 중의 한 사람이다.

해설　이 시는 다음에 나오는 〈청음각淸音閣〉과 함께 청나라 광서 10년(1884)에 지은 작품이다. 그의 나이 26세였다.

감상　쌍비교는 우심정을 중심으로 양쪽에 아치형으로 걸려 있다. 시인은 그것이 하늘에서 내려온 무지개라 하였다. 대부분 아치형 다리에 '虹(홍: 무지개)'자를 붙이므로 새삼스러운 비유는 아니다. 그런데 그곳을 지나는 물길의 원천을 태고 적부터 쌓인 눈에서 흘러 나왔다는 상상력은 매우 신비감을 준다. 아미산에서는 일 년 중 9개월 정도 눈을 볼 수 있어, 거기서 흘러내린 물은 차갑기 마련이다. 그래서 사람들은 서서 물길을 바라보다 모두 몸을 돌린다. 그리하여 주위로 눈을 돌리는데, 봄날 비가 그친 후라 그런지 깊은 산중에 기암괴석이 더욱더 요란스럽다. '절학絶壑', '심산深山', '난석亂石' 등은 시인이 머문 쌍비교 주변 환경을 그대로 가져온 것이다. 백룡동은 직접 보이지 않으므로 마음의 눈으로 본 것이며, '은빛' 또한 '백白'에서 파생되어 나온 것이라 할 수 있다. 쌍비교, 계곡물, 기암괴석, 백룡동 순으로, 관찰 대상이 가까운 곳에서 먼 곳으로 진행된 결구형태와, '과래過來'와 같이 구어체 어휘를 사용한 것은 이 시의 특징이라 할 수 있다. 마지막 구에 근체시 규칙을 어겨가며 '은銀'을 두 번 사용한 것은 강조의 의미다.

清音閣
청음각

:清_劉光第

雲中萬馬響蕭蕭,	구름 속에선 수많은 말들이 씩씩거리고
神鬼陰崖佛閣朝.	귀신 깃든 응달진 언덕은 불각을 향해 있네.
片石雷霆撑衆壑,	조각돌 부딪혀 천둥소리 골짝마다 요란한데
一僧風雨立雙橋.	한 스님이 비바람 맞으며 쌍비교에 서 있네.
草香噴雪春眠麝,	눈 속에서 뿜어내는 풀 향기, 봄잠에 취한 사향노루
松氣沉山暝下雕.	산속에 낮게 깔린 소나무 기운, 어둠 속의 독수리.
小憩床敷如夢醒,	평상에서 잠시 쉬니 마치 잠에서 깨어나
舵樓高枕聽江潮.	타루에서 편하게 강가 조수소리 듣는 듯하네.

* **舵樓**(타루): 배의 망루望樓(망보는 다락).

참고 '와운사臥雲寺'라고도 불리는 청음각은 백룡강, 흑룡강이라 불리는 두 물줄기가 합류하는 곳에 위치한다. 해발 약 710m이다. 물줄기가 세차고 우심 석에 부딪히는 소리가 지극히 맑아 붙인 이름이다. 당나라 희종僖宗 연간에 혜 통선사慧通禪師가 창건하였다.

감상 이 시는 '청음각' 제목에서 보듯이 '청음' 즉 '소리'가 주종主宗이다. 그래 서 경련頸聯(제3연)을 제외한 나머지 연에 모두 소리가 등장하였다. '蕭蕭(소소: 말이 씩씩거리는 소리)', '雷霆(뇌정: 천둥소리)', '江潮(강조: 강가 조수소리)' 등이다. 앞의 세 연은 모두 청음각 주변의 풍경을, 마지막 연은 청음각에서 들은 소리 를 묘사하였다. 흐리고 음산한 분위기에서 시작하여 편안하고 한가한 자태로 끝을 맺었다. 함련頷聯(제2연)에서는 불어난 계곡물에서 조각돌이 부딪히는 천 둥벼락 같은 소리를 듣고 있는 한 승려를 그렸는데, 이것은 시중유화詩中有畫의 대표적 실례實例로, 전체 그림의 초점이 바로 여기에 맞추어져 있다. 그래서 다 음 연의 '草香(초향: 풀향기)', '麝(사: 사향노루)', '松氣(송기: 소나무 기운)', '雕(조: 독수리)' 등은 부수적 경물에 지나지 않는다. 이런 분위기에서도 시인은 잠시 휴 식을 취하며 마음의 평안을 찾았다. 아무리 큰 소리도 자연의 소리[천뢰天籟]란 걸 알고, 스스로 자연에 동화된 결과이다.

清音閣
청음각

: 淸_趙熙

絶澗石梁通,	끊어진 시내는 징검다리로 통하고
陰疑龍所宮.	응달진 곳은 용이 사는 궁궐인가?
急流花噴雪,	급류 속 낙엽에는 눈이 뿜어 나오고
高峽水生風.	높은 협곡 수면에는 바람이 인다.
一閣參瑤鳥,	누각에는 요조가 나란히 앉아 있고
雙橋掛玉虹.	쌍비교에는 무지개가 걸려 있다.
憑欄知夜半,	야밤에 난간 기대어 알게 된 것은
如臥海濤中.	큰 파도 가운데 누운 듯한 느낌이라네.

* **瑤鳥**(요조) : 신선세계의 새.

조희 趙熙_자오시, 1867~1948

자는 요계堯階이다. 원래 이름은 '희熹'였는데 15세에 동자시童子試에 응시했을 때, 시험관이 그의 재주를 귀하게 여겨 혹시라도 주희의 휘자諱字로 인하여 불이익을 당할까봐 '熙'로 고쳤다. 사천 영현榮縣 북쪽 교외의 송파宋坝(지금의 부북향富北鄉 송가宋家 파촌坝村) 사람이다. 광서 13년(1887)에 거인擧人이 되었고, 광서 18년(1892)에 진사가 되었다. 여러 관직을 거쳐 민국 원년(1912) 2월에 일본으로 갔다가 가을에 사천으로 돌아왔다. 민국 3년(1914)에는 영현으로 돌아와 은거하며 강학하였다. 시서화에 모두 뛰어나 촉중蜀中의 대가라는 명성을 얻었다.

감상 앞의 시와 비교하면 스케일은 작지만 섬세하며, 또한 앞의 시는 '소리'를 주종으로 하였다면, 이 시는 '주변의 경물'을 세밀하게 그렸다. 이 시의 수련과 함련은 계곡에 흐르는 물과 관련된 것이며, 경련은 청음각과 쌍비교를 묘사한 것이다. 특히 용의 궁궐과 요조, 그리고 무지개의 등장은 이곳이 속세가 아닌 신비한 세계라는 느낌을 갖게 한다. 마지막 연은 '청음'에 대한 언급인데, 앞의 시는 편안히[고침高枕] 조수潮水소리를 듣는 듯하고, 이 시는 누워서[와臥] 큰 파도[해도海濤]가 움직이는 소리를 듣는 듯하다고 하였으니, 두 시의 감흥은 거의 비슷하다. 제3구 '急流花噴雪(급류화분설: 급류 속 낙엽에는 눈이 뿜어 나오고)'은 급류와 함께 떠내려 온 낙엽 주위에 생기는 물거품을 묘사한 것인데, 낙엽[花]이 등장하고, 물거품은 뿜어 나오는 눈[분설噴雪]으로 비유되어, 급류는 더욱더 빠르고 물거품은 더욱더 풍성하게 느껴진다. 생동감을 느낄 수 있는 시구라 할 수 있다.

04

송별, 증별

送別, 贈別

峨眉山月歌送蜀僧晏入中京
〈아미산월가〉로 촉의 승려 안이 중경으로 가는 것을 전송하며

: 唐_李白

我在巴東三峽時, 내가 파지역 동쪽 삼협에 있을 때

西望明月憶峨眉. 서쪽 밝은 달 쳐다보며 아미산을 생각했고,

月出峨眉照滄海, 아미산에 달 솟아 넓은 강물 비추면

與人萬里長相隨. 사람들과 만 리를 떨어져도 언제나 함께했네.

黃鶴樓前月華白, 황학루에 뜬 달이 하얗게 빛날 때

此中忽見峨眉客. 이곳에서 우연히 아미산 길손을 만났는데,

峨眉山月還送君, 아미산 달이 또한 그대를 배웅하니

風吹西到長安陌. 서쪽으로 바람 불어 장안 길로 가는구려.

長安大道橫九天, 장안의 큰 길은 구천과 닿지만

峨眉山月照秦川. 아미산 달은 진천을 비출 걸세.

黃金獅子乘高座, 황금 사자 높은 자리 앉아서

白玉麈尾談重玄. 백옥자루 주미 쥐고 깊은 철리 말하겠지.

我似浮雲殢吳越, 나는 뜬구름처럼 오월 지역에 머물겠지만

君逢聖主游丹闕. 그대는 성군 만나 궁궐에서 노닐 걸세.

一振高名滿帝都, 한차례 고매한 이름 황도에 크게 떨친 뒤

歸時還弄峨眉月. 돌아와서 다시 아미산 달을 희롱하세.

* 中京(중경) : 장안長安.
* 秦川(진천) : 진나라의 수도는 함양咸陽으로, 당나라 때의 장안長安 지역이며 오늘날의 서안西安에 속함. '주천위수秦川渭水'라고도 함.
* 塵尾(주미) : 얘기하면서 벌레를 쫓거나 먼지를 떨 때 쓰는 도구. 위진 시대를 거치면서 현학가玄學家들이 청담淸談을 논할 때 지니는 도구로 쓰임.

참고　파동삼협巴東三峽이란 무협巫峽, 구당협瞿塘峽, 서릉협西陵峽 등을 말한다.

참고　황학루는 무한武漢에 있으며, 악양루岳陽樓와 등왕각滕王閣과 더불어 중국 삼대 누각 중의 하나이다.

해설　시인은 59세(759) 때 폄적되어 삼협을 지나는 도중에 사면받아 황학루가 있는 무창에 잠시 거주하였다. 여기서 옛 친구인 촉나라 승려 안을 만났는데, 그때 안은 장안으로 초빙을 받아 올라 가던 참이었다. 그를 배웅하면서 지은 칠언고사七言古詩이다.

감상　이 시는 시간(과거, 현재, 미래)이 언제든, 공간(삼협, 무창, 장안)이 어디든 아미산의 달과 함께한다는 내용이다. 고향에 대한 향수가 지극했기 때문이다. 사실 달이란 우주 공간에 하나밖에 없는 행성이지만, 한편으론 각 지역마다 하나씩 존재하는 것이다. 그러나 시인에게는 어딜 가도 오직 고향의 달인 아미산 달만 존재할 뿐이다. 그래서 아미산 달이 친구 따라 장안 일대까지 쫓아간다고 하였다. 장안의 길거리 모습과 장안에서의 활동은 자신의 경험과 지식을 토대로 서술한 것이다. 세 지역(삼협, 무창, 장안)의 등장은 서사적 경향을 띠지만, 아미산의 달이 전체 시의 기조를 서정적으로 바꾸었다. 시인은 장안에 가서 성

군을 만나 마음껏 자신의 능력과 학식을 발휘하여 수도 장안에 이름을 떨친 후에, 고향으로 돌아와 아미산의 달과 함께 마음껏 즐길 것을 당부하였다. 시인이 돌아갈 곳은 오월지역이라 고향 땅이 더욱 그리웠기 때문이다.

贈別鄭煉赴襄陽
양양으로 가는 정련과 이별하며 드림

: 唐_杜甫

戎馬交馳際,	전쟁이 국경에서 끊임없이 일어나
柴門老病身.	집 안에는 늙고 병든 몸만 남았네.
把君詩過日,	그대 붙잡아두고 시로써 며칠 보내다
念此別驚神.	이제 헤어진다니 놀랍기 그지없네.
地闊峨眉晚,	아미산에 저녁 들면 땅 더욱 넓고
天高峴首春.	현산에 봄 오면 하늘 더욱 높다네.
爲于耆舊內,	이제 늙은이 축에 들었으니
試覓姓龐人.	방씨 성을 가진 자 찾아 나서리.

* **峴首**(현수): '峴山'을 가리킴. 후베이 성 양양襄陽현 동남쪽에 위치하고 있다.
* **耆舊**(기구): 늙은이.

참고 '姓龐人(성방인: 성이 방씨인 사람)'은 방덕공龐德公을 가리킨다. 동한 때의 고사高士로, 형주자사인 유표劉表가 여러 차례 등용하려 하였으나 거절하였다. 나중에 후베이 성 양양에 있는 녹문산鹿門山에 은거하였다. 그의 사적은 《양양 기구전襄陽耆舊傳》에 수록되어 있다.

두보 杜甫_두푸, 712~770

당대 공현鞏縣(지금의 허난 성鞏義) 사람으로 원적은 양양襄陽(후베이 성)이다. 자는 자미子美이고, 스스로 두릉포의杜陵布衣, 두릉제생杜陵諸生, 두릉야로杜陵野老, 두릉 야객杜陵野客, 완화노옹浣花老翁 등으로 불렀다. 건원乾元 2년(759) 겨울에 촉 땅 으로 들어가 검남절도사檢南節度使인 엄무嚴武의 막료가 되었고, 그의 추천으로 검교공부원외랑檢校工部員外郎에 이르렀다. 성도에서 오랫동안 살았으며, 영태永泰 원년(765) 5월에 성도를 떠나 강을 따라 남하하여 가주嘉州에 도착하였다.

해설 이 시는 보응報應 원년(762)에 지은 작품이다. 당시 두보(712~770)는 성 도의 완화계에 머물면서 늙고 병든 몸으로 살아가던 때였다. 그 해에 사조의史 朝義가 영주營州를 함락하고, 강羌족과 혼渾족 그리고 노자奴剌가 양주梁州를 함 락하였다. 하동河東과 하중河中에도 병란이 일어났으므로 '전쟁이 국경에서 끊임 없이 일어나戎馬交馳際'라고 표현하였다.

감상 두보를 두고 세상 사람들은 '시사詩史'라고 부른다. 그가 51세(762) 때 성도의 완화계에서 초당을 짓고 살면서 가난과 병마로 시름할 때, 곳곳에서 안 사의 난과 더불어 변방 민족의 침입으로 전쟁이 한참이었다. 당시의 상황을 묘사한 것이 첫째 연이다. 자신과 국가의 불행한 처지를 간략하면서도 명백하게 묘사하였다. 정련鄭煉에 대한 상세한 기록은 없지만, 짧은 기간 동안 시로써 막역하게 지낸 사이임을 알 수 있다. 이리하여 두보는 그를 보내면서 당시의 충격을 '경신驚神'이라는 두 글자로 표출하였다. 다시 말해 '정신이 경악할 정도'라는 것이다. 이제 헤어지면 두보는 성도에, 정련은 양양에 있게 되는데 두보가 느끼는 거리는 얼마나 될까? 시인은 '아미'에다 '地闊(지활: 땅이 넓다)'을, '현수'에다 '天高(천고: 하늘은 높다)'를 붙여 '천고지활'의 거리, 즉 '까마득히 먼 길'이라 여겼다. '만晩'과 '춘春'이라는 조건을 내건 것은 '천고지활'을 가져오기 위해서이다. 다시 말해, 공간을 통하여 이별의 슬픔을 극대화한 것이다. 마지막 연에서 두보는 방씨 성을 가진 자, 즉 방공덕을 내세워 은일에 대한 희구를 피력하였다. 마침 친구가 양양으로 간다고 하니, 그곳 녹문산에서 은거한 방공덕을 떠올린 것으로 보인다. 친구 찾아 양양까지 가겠다고 해석하는 것은 지나친 억측이다.

送譚遠上人
담원 스님을 전송하며

:唐_賈島

下視白雲時,	아래로 흰 구름 내려다볼 때
山房蓋樹皮.	산사 지붕에는 나무껍질 덮여 있어,
垂枝松落子,	드리운 나뭇가지에서 솔방울 떨어지니
側頂鶴聽棋.	옆 정수리 학은 바둑 소리 듣는 듯하네.
淸淨從沙劫,	오랜 시간 청정함을 좇아
中終未日欹,	하루 종일 흐트러짐 없고,
金光明本行,	금광명경을 읽고 그대로 수행하며
同侍出峨眉.	함께 부처님 모시다 아미산을 나가네.

* 上人(상인) : 승려를 높여 부르는 말.
* 淸淨(청정) : 나쁜 행동이나 번뇌로부터 벗어남.
* 沙劫(사겁) : '항사지겁수恒沙之劫數'를 줄인 말로, '恒沙'는 '恒河(항하: 갠지스 강)의 모래'란 뜻으로 무한히 많은 수량. '劫' 또한 하늘과 땅이 개벽한 때부터 다음 개벽할 때까지의 긴 세월. 따라서 '지극히 길고 오랜 시간'을 이르는 말이다.
* 金光明(금광명): 불교 경전. 법성중도法性中道의 이치를 설명한 경전.
* 本行(본행) : 성불成佛 직전의 수행.

가도 賈島_쟈다오, 779~843

당대 범양范陽(지금의 허베이 성 탁현涿縣) 사람으로, 자는 낭선閬仙이고 호는 갈석산인碣石山人이다. 어려서 승려가 되어 법명이 무본無本이며 나중에 한유와 교유하며 환속하였다. 몇 차례 진사 시험에 떨어졌으며, 문종文宗 개성開成 3년(838)에 수주遂州 장강長江(지금의 쓰촨 성 봉계현蓬溪縣) 주부主簿가 되었다. 회창會昌 원년(841)에 보주普州(지금의 쓰촨 성 안악현安岳縣) 사창참군司倉參軍으로 옮겨가 거기서 죽었다.

해설　이 시의 제목은 〈송와운암승送臥雲庵僧〉이라고도 한다. 즉, 〈와운암 스님을 전송하며〉라는 작품이다. 와운암은 현재 아미산 꼭대기(해발 3,065m)에 위치하고 있다. 이 시를 통해 당시 와운암의 존재와 형상을 엿볼 수 있다. 그가 쓰촨 성 장강長江(지금의 봉계현蓬溪縣)의 하위 관리인 주부로 폄적되었을 때 지은 시이다. 저명한 시인으로서 아미산 정상을 밟은 최초의 인물로 알려져 있다.

감상　이 시는 전·후반부가 서경과 서정으로 확연하게 나누어졌다. 전반부 네 구는 산속 절간의 정취를 묘사하였고, 후반부 네 구는 담원스님의 수행 태도와 절을 떠나는 아쉬움을 담았다.

맑은 하늘에 흰 구름 떠다니고 산속 깊숙이 자리 잡은 절간은 지붕을 나무껍질로 엮었다. 소나무 가지가 자라 절 지붕 위로 드리웠는데 솔방울 떨어지는 소리를 저쪽 정수리에 앉아 있는 두루미가 마치 바둑 두는 소리처럼 듣고 있을 거라는 생각을 하였다. 자신의 느낌을 학에다 옮긴 것이다. 일종의 의인화 수법이다. 절에서 수행하는 스님은 악행惡行과 번뇌로부터 벗어나기 위해 하루 종일 수행하며 자세를 흐트러뜨리지 않는다. 오랫동안 함께 생활하다 담원스님이 와운암을 떠나게 되자 몹시 섭섭하고 아쉬웠다. '청정淸淨', '사겁沙劫', '금광명金光明', '본행本行' 등의 불교 용어를 사용하여 참된 수행자의 길을 보여주면서, 실제로는 마지막 구인 '同侍出峨眉(동시출아미: 함께 부처님 모시다 아미산을 나가네)'에 이별의 정회를 담았다. 선시의 형식을 취한 송별시이다.

送僧
스님을 전송하며

:唐_賈島

出家從卅歲,	어린 나이에 출가하여 가르침을 좇다가
解論造玄門.	해탈하여 현묘한 경계에 이르렀다.
不惜揮談柄,	담병 휘두르기를 아끼지 않으니
誰能聽至言.	어느 누가 지언을 들을 수 있으랴?
中時山果熟,	때가 되어 산속 열매가 익고
後夏竹陰繁.	늦여름이라 대나무 그늘이 짙네.
此去逢何日,	이번에 가면 언제 다시 만날까?
峨眉曉復昏.	아미산에는 새벽이 다시 저녁이 되네.

* 談柄(담병) : 담소할 때 손에 지니던 총채. 불교에서는 흔히 소나무가지를 담병으로 삼았다.

* 至言(지언) : 불가와 도가에서 얘기하는 심원深遠하고 현묘玄妙한 이론.

해설 이 시 역시 쓰촨 성 장강長江(지금의 봉계현蓬溪縣) 주부로 폄적되었을 때 지은 시이다. 제1구에 등장하는 '관세卅歲'에 근거하여 가도의 출가시기를 15세로 보기도 하는데, 꼭 그렇다고 볼 순 없다. 왜냐하면 제1구의 주체가 시인이 아닌 승려일 수도 있기 때문이다.

감상 앞의 시와 마찬가지로, 함께 지내던 한 승려를 아미산에서 떠나보내며 지은 작품이다. 승려의 출가와 정진 그리고 올바른 설법 등의 과정을 순서대로 나열하였다. 여름이 지나고 가을이 들 무렵 아미산에는 열매가 열리고 대나무는 울창하여 짙은 그늘을 선사한다. 좋은 계절이 시작할 무렵 함께 지내던 스님이 이곳을 떠난다고 하니 아쉬운 마음은 이루 말할 수 없다. 시인은 일곱째 구 '此去逢何日(차거봉하일: 이번에 가면 언제 다시 만날까?)'에 이별의 아픔을 직접 드러내긴 했지만 언외지정言外之情, 즉 작품의 여백 곳곳에 이별의 아쉬움을 담아두었다.

送僧入蜀過夏
결하^{結夏}를 위해 촉으로 떠나는 승려를 전송하며

: 唐_曹松

師言結夏入巴峰,　스님은 결하하러 파산에 간다 하거늘
雲水回頭幾萬重.　머리 돌려 바라보니 구름과 강이 수만 겹이라.
五月峨眉須近火,　오월의 아미산은 모름지기 화로에 가깝지만
木皮嶺上只如冬.　나무껍질 덮인 산봉우리는 오직 겨울 같겠지.

* 巴峰(파봉) : 파산. '巴'는 중경 일대. 여기서는 아미산을 가리킨다.
* 嶺上(영상) : '殿裏(전리: 전당 안)'라고 된 판본도 있다.

참고   한국불교에서는 음력 10월 보름부터 정월 보름까지를 동안거冬安居, 4월 보름부터 7월 보름까지를 하안거夏安居라고 해서 산문 출입을 자제하고 수행에 정진하는 기간으로 삼고 있다. 안거를 시작하는 것을 '결제結制'라 하고 끝내는 것을 '해제解制'라 한다. 그런데 중국에서는 '결제' 혹은 '결하結夏'라 하여 여름에만 행한다.

조송 曹松_차오쏭, 828?~903?

당대 서주舒州(지금의 안후이 성 잠산潛山 부근) 사람이며, 자는 몽징夢徵이다. 어릴 때 난을 피해 홍도洪都(지금의 장시 성 남창南昌) 서산西山에서 살았으며, 나중에 건주建州(지금의 푸젠 성 건구建甌)자사 이빈李頻(818~876)에게 의지하였다. 이빈이 죽고 난 뒤 강호를 떠돌다, 소종昭宗 천복天復 원년(901)에 진사에 급제하여 비서성정자秘書省正字가 되었으나, 이때 나이 이미 칠십이 넘었다.

감상   이 시는 결하를 위해 아미산으로 떠나는 스님을 보내며 지은 것이다. 어디서 이 시를 지었는지 정확하게 알 수 없지만, 제2구에서 밝혔듯이 대단히 먼 거리임은 분명하다. 음력 5월은 한여름이지만, 아미산이 있는 쓰촨 성 서남쪽은 그렇게 뜨겁지는 않다(평균 24도). 높은 산세와 울창한 숲으로 이루어진 아미산의 고지대 기온이 써늘하여 기온차가 굉장히 심하다는 점을 강조하기 위해 '근화近火'와 '여동如冬'으로 대비시켰을 뿐이다.

送趙茶馬(師會)東歸
조차마가 동쪽으로 돌아가는 것을 전송하며

: 宋_魏了翁

又因送客朝京闕,　또다시 길손을 황궁으로 전송하면서

意行偶過山之陽.　마음은 짝을 이뤄 양지바른 산길을 지나간다.

檻開岷嶺半天雪,　수레 문 열면 하늘 한가운데 눈 덮인 민산이 보이고

簾卷峨眉千丈崗.　발 걷으면 천 길 봉우리 아미산이 보인다.

斷霞明空暮江白,　꽃구름 사이로 하늘 맑으니 저녁 강은 희고

密陰藏雨秋原香.　깊은 응달에 비 품으니 가을 언덕은 향기롭다.

客歸便可報明主,　나그네 돌아가면 현명한 임금 여쭐 수 있고

滿山盡睹粳雲黃.　산 가득히 구름처럼 펼쳐진 누런 벼 실컷 보리라.

참고   민령岷嶺은 민산으로, 쓰촨 성 북쪽에 위치하여 간쑤 성과 맞닿아 있다. 평균 고도가 약 2,500m이고, 산마루는 4,000m 이상이며, 주봉인 설보정雪寶頂은 해발 5,588m이다.

위료옹 魏了翁_웨이랴오웡, 1178~1237

자는 화부華父이다. 공주邛州 포강蒲江(지금의 쓰촨 성에 속함) 사람이다. 경원慶元 5년(1199)에 진사가 되었다. 개희開禧 2년(1206)에 부친상을 당해 고향으로 돌아와 백학산白鶴山 아래에 집을 짓고 학문을 연구하였다. '학산선생'이라고 불렀다. 이후에 다시 벼슬하여 자정전대학사資政殿大學士와 참지정사參知政事에 올랐다.

감상   이 시는 시인이 고향인 쓰촨 성에서 조차마를 임안臨安(오늘날의 저장 성 항주杭州)의 황궁으로 보내면서 지은 작품이다. 그래서 '동쪽으로 돌아간다[동귀東歸]'라고 하였다. 민산과 아미산은 쓰촨 성을 대표하는 산으로, 시인은 이것을 묘사함으로써 쓰촨 성을 떠난다는 사실을 부각시켰다. 다시 말해, 두 산은 우리의 시계視界 안에 동시에 들어올 수 없기 때문이다. 저녁이 되자 구름 사이로 달빛 비치니 강물은 빛나고, 습기 찬 응달은 향기 고이 간직해 언덕으로 새어나온다. 여기서 맑은 하늘과 습기 찬 응달을 대비시켜 표현한 것은 가을의 징취를 물씬 풍기게 하기 위해서이고, 하얀 강물이나 향기 밴 언덕은 모두 부차적으로 느끼는 시각적 후각적 산물이다. 가을이면 언제나 느낄 수 있는 주변의 풍경이다. 황궁으로 돌아가면 응당 임금을 알현하고, 누렇게 익은 강남의 벼를 실컷 본다는 것 또한 도읍으로 돌아가는 보람이 있다고 생각하였다. 마지막 구의 내용은 쓰촨 성과 강남지역의 지리적 특색을 정확하게 짚은 것이기도 하지만, 황궁으로 향하는 조차마에 대한 부러움을 간접적으로 표출한 것이다. 시인은 제2구에서 '意行偶(의행우: 마음이 짝을 이루어 함께 가다)'라 하여 그가 떠나는 것을 매우 아쉬워하였으나, 마지막 두 구에서 부러움으로 바뀐 것은 고향에 돌아와 있는 자신의 처지와 깊은 관련이 있기 때문이다.

送峨眉僧清源詩
아미산 승려인 청원을 전송하며

:明_袁宏道

師從峨眉來,	스님은 아미산에서 내려와
往返經幾宿.	오며 가며 몇 번 묵었다.
玆山聞最高,	이 산이 최고라는데
幾許到天竺.	인도에 가는 이 얼마나 될까?
師行遍天下,	스님은 천하를 두루 다니니
無乃是神足.	어찌 신족이 아니겠느냐?
竦身入梵宮,	몸을 솟구쳐 산사에 들면
鏤此旃檀佛.	여기서 정단불을 새긴다네.

＊ 神足(신족) : 신기할 정도로 빠른 발. 혹은 신족통神足通(천지를 빠른 속도로 마음대로 다니는 신통력).

＊ 旃檀佛(정단불) : 단향목檀香木으로 만든 불상. 중국에 들어온 최초의 불상. 청원스님이 이 불상을 가지고 있었음.

원굉도 袁宏道_위안홍다오, 1568~1610

자는 중랑中郞이고 호는 석공石公이다. 호광湖光 공안公安(지금의 후베이 성에 속함) 사람으로 만력萬曆 20년(1592)에 임진과壬辰科 진사가 되었다. 계훈낭중稽勳郞中을 지냈다.

감상 시인은 아미산에 가 보지를 못했다. '이 산(자산玆山)', 즉 아미산이 최고라는 말을 승려를 통해 들었을 뿐이다. 하지만 시인은 승려의 말을 절대 신뢰하고 천축국(오늘날의 인도)에 갈 승려가 몇이나 될까 반문한다. 그 만큼 아미산이 성스러운 산이라는 얘기다. 승려는 또한 수많은 중생들을 구원하고자 설법을 행하고 선행을 몸소 실천하기 위하여 천하를 두루 다닌다. 그래서 승려에게는 신족통이 있다고 생각하였다. 그러다가 몸을 솟구쳐 아미산 산사로 돌아가면 정단불을 새기면서 수행한다. 이 시는 산수시가 아니다. 시인은 청원스님을 통해 들은 아미산의 성스러움을 믿고, 스님에 대한 존경을 진솔한 감정으로 개성 있게 서술하였다. 표현 또한 자연스럽고 청신하며 질박하다. 그래서 이 시는 성령性靈(개성을 표현하고 진심을 발현하는 것)을 주장한 공안파의 대표 시인인 원굉도의 특색을 잘 드러낸 작품이라 할 수 있다.

送方庵叔之官峨眉
아미산으로 벼슬을 떠나는 방암숙을 전송하며 淸_朱彝尊

萬古峨眉雪,	오랜 세월 쌓인 아미산 눈 때문에
孤城五月寒.	외로운 성채는 오월에도 차가울 걸세.
爲憐眞僻遠,	참으로 외지고 먼 곳이라 가련하지만
猶喜未凋殘.	여전히 환한 얼굴 가실 줄 모르네.
峽水流琴曲,	골짝의 물소리는 거문고 가락 같고
山花接錦官.	산에 핀 꽃들은 성도와 이어지네.
飛來一片月,	멀리서 날아온 한 조각 달을
相憶卷簾看.	그대 그리우면 주렴 올려 보리라.

* 錦官(금관) : 쓰촨 성 성도成都. '금성錦城', '부용성芙蓉城' 이라고도 부른다.

주이존 朱彝尊_주이쭌, 1629~1709

자는 석창錫鬯이고 호는 죽타竹坨이다. 명말 저장 성 수수현秀水縣(지금의 가흥시 嘉興市) 사람이다. 청나라 강희 18년(1679)에 박학홍사과博學鴻詞科에 천거되어 검토檢討 관직을 제수除授받았다. 경사經史에 통달하여 왕사정王士禎과 더불어 남 북 양대兩大 종정宗正으로 추앙받는다.

감상 아미산 특색 중의 하나는 정상에 오랫동안 눈이 남아 있다는 사실이다. 그리하여 오월에도 외로운 성채가 차갑게 느껴진다. 또한 아미산 지역은 대단 히 후미진 곳이다. 그래서 그곳으로 좌천되어 가는 방암숙에 대하여 시인은 가 련한 심정을 감추지 못한다. 환한 얼굴을 억지로 유지하고 있는 그대 모습이 오히려 시인의 마음을 슬프게 한다. 하지만 시인은 그렇게 여기고 있을 수만은 없다. 아미산 골짜기에서 흐르는 물소리는 마치 거문고 소리 같이 아름답고, 거기서 핀 꽃이 성도와 연결되어 있을 정도로 멀지 않은 곳에 있으니 좌절감이 나 소외감을 가질 필요가 없다고 위로한다. 그러나 상대에게 크게 작용하지는 않을 듯하다. 이별에는 '달'이 자주 등장하는데, 하늘에 뜬 '달'은 헤어진 두 사 람을 동시에 비추어 삼각형의 꼭지점 역할을 한다. 즉, 연결고리인 셈이다. 그도 달을 보고 나도 달을 보면 마음으로 서로를 보는 것이기 때문이다.

05

수시, 증시, 기시

酬詩, 贈詩, 寄詩

酬宇文少府見贈桃竹書筒
우문소부가 도죽으로 만든 서통을 선물하여 화답함

:唐_李白

桃竹書筒綺繡文,	도죽 서통에는 아름답게 수놓은 무늬 있어
良工巧妙稱絶群.	고수의 교묘함이 가히 발군이라 할 만하네.
靈心圓映三江月,	빈 통 속은 삼강을 비추는 둥근달 모양이고,
彩質疊成五色雲.	색감은 오색 빛깔 겹쳐 생긴 구름 같다오.
中藏寶訣峨眉去	연선보결을 그 속에 넣어 아미산으로 가니
千里提攜長憶君.	천리 길 휴대하며 오래도록 그대를 생각하리.

＊少府(소부) : 당나라 때는 현위縣尉를 이렇게 불렀음.

＊桃竹(도죽) : 대나무의 일종으로, 재질이 튼튼하여 화살이나 지팡이를 만드는 데 사용함.

＊寶訣(보결) : 선서仙書. '연선보결煉仙寶訣'의 준말. 일반적으로 진귀한 것을 일컬음.

참고　삼강三江이란 촉 지역에 있는 세 개의 강을 일컫는데, 즉 민강岷江, 부강涪江, 타강沱江이다.

해설　이 시는 시인이 20세(720)가 되던 해 2월에 지은 작품이다. 유주渝州(지금의 중경重慶)로 가서 당시 그곳 자사로 있던 집안의 웃어른인 이옹李邕을 배알하고 도움을 청하였으나 오히려 문전박대를 당하였다. 다행히도 유주의 군사와 재정을 담당하는 우문소부宇文少府를 만났는데, 그가 도죽桃竹(대나무의 일종)으로 만든 편지통을 시인에게 선물로 주면서 경의를 표하자, 이에 감동하여 시를 지어 화답하였다.

감상　앞의 네 구는 도죽으로 만든 서통의 형상을 묘사한 것으로 지극히 형사적形似的이다. 겉에 새긴 무늬는 아름다운 수를 놓은 듯 아름답고, 정교한 기술은 가히 발군이다. 비어 있는 통 속은 삼강을 비추는 달처럼 둥글고, 겉으로 흐르는 빛깔은 마치 오색구름을 겹쳐놓은 듯 은은하다. 즉, 앞의 두 구는 편지통의 겉을, 뒤 두 구는 속을 묘사한 것이다. 마지막 두 구는 선물에 대한 고마움을 담았는데, 선물이 귀한 만큼 훌륭한 서권을 넣어 보물처럼 품고 고향으로 돌아가면서 그대를 생각하리라고 다짐하였다. 서통에 대한 극찬, 그에 대한 고마움의 표출은 친척으로부터 문전박대 당한 서러움이 그만큼 깊었기 때문이다.

贈薛濤
설도께 드림

:唐_白居易

峨眉山勢接雲霓,　아미산의 산세가 무지개와 닿았으니

欲逐劉郎此路迷.　길 잃고 선녀 얻은 유랑처럼 되었으면.

若似剡中容易到,　섬현이면 쉽게 도달할 듯싶지만

春風猶隔武陵溪.　봄바람은 여전히 무릉계곡을 넘지 못하리.

* 剡中(섬중) : 유신劉晨의 고향인 섬현剡縣 일대.

참고　유랑劉郎은 동한東漢의 유신劉晨으로 저장 성 섬현剡縣 사람이다. 영평永平 연간(58~75)에 완조阮肇와 함께 천태산天台山에서 약초를 캐다가 길을 잃고 우연히 선녀를 만나 부부가 되었다. 반년이 지나 집으로 돌아오니 이미 자손들은 한 대가 지나 있었다. 나중에 다시 천태산으로 가 보니 선녀의 행적은 묘연하였다.

백거이 白居易_바이쥐이, 772~846

자는 낙천樂天이고 만년의 호는 향산거사香山居士이다. 하규下邽(지금의 산시陝西성 위난渭南 동북쪽) 사람이다. 정원貞元 16년(800)에 진사가 되어 비서성秘書省 교서랑校書郎에 제수되었다. 좌습유를 지냈으며, 원화元和 14년(819) 봄에 강주사마江州司馬에서 충주자사忠州刺史(쓰촨 성 충현忠縣)로 임명되었다. 항주자사와 소주자사를 거쳐 형부상서에 이르렀다.

해설　설도는 대력大曆 5년(770) 장안에서 태어났다. 부친 설운薛鄖이 촉 땅의 하급관리가 되어 이곳으로 이주하였다. 얼마 있지 않아 부친이 사망하자 가난에 찌들다 16세에 악기樂妓가 되었다. 당시 최고의 문인들인 원진元積, 백거이白居易, 유우석劉禹錫, 두목杜牧 등과 교류하였으며, 그곳의 지방 군정관인 검남서천절도사劍南西川節度使와도 자주 시문을 교환하였다. 원화元和 4년(809) 마흔 살의 나이에, 감한어사監乎御史의 자격으로 양천兩川(동천과 서천)에 안찰按察을 나온 원진元積과 처음 만났다. 당시 원진의 나이 서른 살이었다. 이렇게 만난 두 사람은 약 삼 개월 동안 동거하다 헤어지지만, 이후에도 계속 만났다.

감상 이 시는 장경長慶 4년(824) 백거이가 항주자사로 있을 때 지은 작품이다. 당시 시인의 절친한 친구인 원진이 설도의 곁을 떠난 뒤지만, 그녀는 여전히 그의 정부情婦로 남아 있었다. 그때 나이 백거이는 57세, 설도는 55세였다. 첫 구에 등장하는 '아미산세峨眉山勢'는 아미산 자락인 미현眉縣에서 태어난 '설도의 빼어난 미모'를 의미한다. '接雲霓(접운예: 무지개와 닿다)' 또한 그녀에 대한 극찬이다. 그래서 시인은 길 잃고 선녀를 얻은 동한東漢의 유신劉晨처럼 되기를 바랐다. 그런데 유신이 살던 섬현과 선녀가 있던 천태산은 가까웠지만, 백거이가 머무는 항주杭州와 설도가 있는 성도成都는 너무나 먼 거리이다. '무릉계'는 후난 성에 있는 무릉도원을 말한다. 그들 사이의 중간쯤 되는 곳으로 매우 먼 거리임을 암시하기 위해 등장하였다. 젊은 시절부터 친구의 정부를 탐한 것인지 버림받은 설도에 대한 연민인지는 알 수 없지만, 그녀에 대한 애틋한 그리움은 부인할 수 없다. 백거이의 애정시이다. 오언율시의 짧은 시구에다 고사와 은유가 동시에 함축되어 대단히 난해하다.

贈行如上人(贈伏虎僧)
행여스님(복호사 스님)께 드림

：唐_唐求

不知名利苦,	명리의 쓴맛을 알지 못한 채
念佛老岷峨.	염불하며 아미산에서 늙어가네.
衲補雲千片,	승복은 수많은 구름조각으로 기웠고
香焚篆一窠.	향불은 전자篆字가 둥지에서 피어오르듯 타네.
戀山人事少,	산을 그리워하니 속세 생각 적어지고
憐客道心多.	길손을 가련히 여기니 불심이 많아지네.
日日齋鍾響,	날마다 종소리 울리면 목욕재계하고
高懸濾水羅.	방에는 높이 여수라가 걸려 있네.

* 岷峨(민아) : 민산과 아미산의 병칭. 민산은 아미산의 북쪽에 있다. 일설에는 민산이 청성산靑
　　　城山이라고도 한다. 속세를 떠난 승려들이 머무는 깊은 산을 대칭代稱한 것이다.
　　　여기서는 아미산을 가리킨다.
* 篆(전) : 전자篆字. 대전大篆과 소전小篆이 있음.
* 齋(재) : 재계齋戒, 즉 심신을 깨끗이 함.
* 濾水羅(여수라) : 명주나 철사 따위로 만들어 물을 거르는 데 쓰는 체.

당구 唐求(球)_탕추, ?~?

촉주蜀州(지 금의 쓰촨 성 숭경崇慶) 사람이다. 일설에는 가주嘉州(지금의 쓰촨 성 낙산시樂山市) 사람이라고도 한다. 건부乾符 연간(874~879)에 청성령靑城令이 되었다. 왕건王建이 성도成都를 함락했을 때 부름을 받았으나 가지 않고 미강산味江山(지금의 숭주시崇州市 가자진街子镇)에 은거하였다. 스스로 '미강산인'이라 하였다. 그는 시를 쓴 종이를 비벼서 호리병[표瓢]에 넣어두고 아무에게도 보여주지 않았다. 만년에 이르러 호리병을 강에다 버리면서 "이것을 습득하는 자가 자신의 마음을 처음으로 알아주리라"라고 기원하였다. 그래서 그를 '일표시인一瓢詩人'이라고도 불렀다. 현재 35수의 시가 남아 있다.

감상　시인은 산속에 은둔하면서 스님과 교류하였다. 그리하여 스님의 일상사뿐 아니라 그들의 菩提心(보리심: 진리와 깨달음을 지향하는 마음)까지도 알고 있었다. 스님은 극락정토를 발원하며 조각조각 기워 만든 승복을 입고 청정한 마음자리를 얻기 위해 노년이 되어서도 염불을 그칠 줄 모른다. 정해진 시간에 맞추어 목욕재계하고 수행을 계속하는 스님의 일상사는 시인에게는 그저 존경스러울 뿐이다. 그런데 마지막 구에 '여수라濾水羅'를 등장시킨 것은 무슨 이유일까? 단지 음차飮茶가 그들의 일상이긴 하지만, 자신과 차를 마시며 담소를 나누던 둘만의 우정을 새기기 위함은 아닐까? 제4구 '香焚篆一窠(향분전일과: 향불은 전자篆字가 둥지에서 피어오르듯 타네)'는 향로에서 피어오르는 연기를 표현한 것인데, '전篆'자와 '과窠'자의 사용이 매우 인상적이다. 연기에 비유한 '전'자는 전서체의 글자를 일컫는 것인데, 전서는 일반적으로 고대 서체를 말하는 것이니, 그 형상이 거의 실물과 같다. 그래서 시인은 피었다 사라지는 연기의 형상을 마치 전서체로 쓴 글자처럼 보았다. 직관에서 벗어나 상상력이 유감없이 발휘된 비유라 할 수 있다. 또한 '향로'를 새가 사는 둥지巢로 표현한 것은 둥근 모양에다 비슷하고 연기를 뿜어내는 것이 마치 생명체를 잉태하는 성스러운 장소와 같다고 보았기 때문이다.

酬西川楚巒上人卷
서천 초만스님의 글에 화답함

: 五代_齊己

玉壘峨眉秀,	옥 성채처럼 빼어난 아미산
岷江錦水清.	비단 물결처럼 맑은 민강.
古人搜不盡,	옛 사람들도 찾지 못했는데
吾子得何精.	내가 어떻게 정진하여 얻을까?
可信由前習,	옛것을 익히라 하니 믿을 만하고
堪聞正後生.	곧바로 생긴다 하니 들을 만하네.
東西五千里,	동서 오천 리 먼 곳까지
多謝寄無成.	이룬 게 없는 나에게 글 보내주어 정말 감사하이.

* 西川(서천) : 익주益州, 즉 쓰촨 성 서쪽 일대.
* 玉壘(옥루) : 옥으로 쌓은 성채.
* 精(정) : 정진精進.
* 無成(무성) : 아무것도 이룬 것이 없다는 의미로, 자신을 낮추어 부르는 말.

제기 齊己_치지, 849~924

오대五代 시기 담주潭州 익양益陽(지금의 후난 성 익양현) 사람으로, 속명은 호득생 胡得生이다. 7세 때 대위산大潙山(후난 성) 동경사同慶寺로 출가하여, 나중에 형악 의 동림사에 오랫동안 머물렀다. 정곡(842~910)과 조송은 천하를 유력하면서 시로써 사귄 친구들이다. 921년 쓰촨으로 가는 도중에 강릉江陵(지금의 후베이 성 형주시荊州市)을 지나다, 고종해高從海(高季興: 오대 남평국南平國의 군주)가 만류 하여 용흥사龍興寺에 머물며 승정僧正이 되었다. 76세에 이곳에서 원적圓寂하였다.

감상　초만스님이 무슨 글귀를 보냈는지 알 수가 없다. 이 시로 미루어 보건 대, 시인에게 수도정진을 통하여 열반의 경지에 다가갈 수 있도록 하라는 격려 의 편지가 아닌가 싶다. 아미산은 '옥루玉壘'로, 민강은 '금수錦水'로 묘사하였 다. 초만스님이 있는 쓰촨 성의 아미산과 민강을 예찬한 것이다. 시인의 아미산 관련 시 11수 중 눈[설雪]을 묘사한 시구가 들어 있는 시는 모두 4수이다. '옥 루'는, 즉 '눈 쌓인 아미산'을 비유한 것이다. '금수' 또한 아미산과 대구로 자주 등장한다. 나머지 여섯 구는 서정인데, 제5, 6구는 수행정진의 방법을 설명하였 다. 승려는 깨달음을 얻기 위해 수행을 계속하지만 번뇌와 망상의 분별적 사유 를 완전히 끊어버리기는 어려운 일이다. 이에 옛것을 익히며 수행을 하다 보면, 곧바로 정진이 이루어져 궁극적으로 불도를 깨우칠 수 있다. 승려 간의 문답을 시로 창화하였다.

寄貫休
관휴께 보냄

: 五代_齊己

子美曾吟處,　　자미가 일찍이 시를 읊던 곳
吾師復去吟.　　스님께서도 다시 가 시를 읊었네.
是何多勝地,　　얼마나 좋은 경치이기에
銷得二公心.　　두 분의 마음을 녹였을까?
錦水流春閣,　　비단 물결이 봄 누각에 흐르고
峨眉疊雪深.　　두터운 눈이 아미산에 겹겹이 쌓이네.
時逢蜀僧說,　　때때로 촉지역 승려 만나 얘기하는데
或道近遊黔.　　최근 검지역 유람하셨다 하네.

* 子美(자미) : 두보.
* 蜀僧(촉승) : 촉지역(지금의 성도成都 일대) 승려.
* 黔(검) : 지금의 중경重慶시 검수黔水현.

참고 관휴貫休(관슈, 823~915)는 장시 성 출신으로 당말唐末 오대시기의 유명한 승려화가이다. 7세 때 출가하여 저장 성 난계蘭溪 화안사和安寺 원정선사圓貞禪師의 동시童侍가 되었다. 어릴 때부터 기억력이 출중하여 매일 《법화경》을 1,000자씩 외었다. 승려인 처묵處默, 융리融篱 등과 수창酬唱하며 시를 논하니, 보는 사람마다 감탄을 금치 못했다. 受戒(수계: 불문佛門에 들어가서 승려가 된 사람이 계율戒律을 받음) 이후 시로써 더욱 명성을 떨쳤다. 천복天復 3년(903)에 촉 왕인 왕건王建이 그를 만나 시를 한 수 받고는 '선월대사禪月大師'라는 호칭을 내리고 용화도량龍華道場을 지어주었다. 왕건은 이후에도 자주 그곳을 방문하여 재물을 하사하였다.

해설 관휴는 일찍이 남악을 유람하고 싶었으나 형남절도사 성예成汭에게 미움을 사 검지역으로 쫓겨났다. 나중에 형남荊南으로 돌아오니 무신왕武信王 고계창高季昌이 그에게 용흥사龍興寺 주지로 청하였다. 하지만 〈혹리사酷吏詞〉를 지어 고계창의 심금을 건드리자, 제자들이 다른 곳으로 옮길 것을 권하여 촉 지역으로 떠났다. 어느 날 시인은 관휴가 검지역에서 서촉지역으로 돌아갈 것이란 얘길 듣고 이 시를 지어 그에게 보냈다. 이때 관휴의 나이 이미 칠십 고령이었다.

감상 앞 네 구는 아미산 일대의 산수를 두보와 관휴를 내세워 승경勝景임을 증명하였다. 제5, 6구는 앞의 시와 마찬가지로 아미산과 민강을 묘사한 것이다. 때는 봄임을 알리고 비단물결 같은 강, 눈 덮인 산을 그대로 묘사하였다. 마지막 두 구는 '기사記事'인데, 시인이 촉 지역 승려와 때때로 만나 얘기를 나누고 어떤 승려에게서 들은 사실을 그대로 옮겨놓은 것이다. 전체적으로 아미산 일대의 풍경에 대하여 찬사를 보낸 것이라 할 수 있다.

寄黎眉州
미주지주 여씨에게 부침

: 宋_蘇軾

膠西高處望西川, 교서 지역 높은 곳에서 서천을 바라보니

應在孤雲落照邊. 응당 외로운 구름 저녁 햇빛 가에 있구려.

瓦屋寒堆春後雪, 와옥산엔 봄 지난 뒤에도 눈 쌓여 춥고

峨眉翠掃雨餘天. 아미산엔 비 온 뒤 하늘 쓸어 비취빛이죠.

治經方笑春秋學, 경학을 다루다 바야흐로 춘추학을 비웃으니

好士今無六一賢. 좋은 선비로는 육일거사만한 사람 없지요.

且待淵明賦歸去, 도연명의 〈귀거래사〉 읊기까지 좀 기다렸다

共將詩酒趁流年. 시와 술로써 흐르는 세월 함께합시다.

* 黎眉州(여미주) : 소식이 밀주密州(지금의 산둥 성 제성諸城)지주知州로 있을 때 미주眉州지주를
　　　　지낸 여순黎錞.
* 膠西(교서) : 교하膠河(지금의 산둥 성)의 서쪽 지역
* 西川(서천) : 쓰촨의 서부지역. 와옥산과 아미산이 모두 여기에 있다.
* 六一賢(육일현) : 육일거사六一居士 구양수
* 歸去(귀거) : 도연명의 〈귀거래사〉

참고 여순黎錞은 자가 희성希聲이고 사천 거강渠江 사람이다. 희녕 8년(1075)에 미주지주가 되었다.

참고 와옥산瓦屋山은 중국 도교 발원지 중의 하나이다. 도교조사道教祖師인 태상노군太上老君이 이곳에서 승천하였고, 도교의 창시자인 장도릉張道陵도 여기서 오두미교五斗米教를 창건하였다.

참고 구양수의 자는 영숙永叔, 호는 취옹醉翁, 시호는 문충文忠이며, 별호가 육일거사이다. 금석金石문헌 1천 권, 장서 1만 권, 거문고 하나, 바둑판 하나, 술 한 단지, 그 속에서 자신이 있다고 하여 '육일거사'라 불렀다.

해설 이 시는 소식이 희녕 9년(1076)에 밀주지주로 있을 때 친구인 미주지주 여순에게 보낸 것이다.

감상 와옥산과 아미산은 모두 쓰촨 성 서남쪽에 위치한다. 미주와는 가까운 곳이다. 시인은 미주에 근무하는 친구에게 시를 지어 보내면서 제3, 4구에 와옥산과 아미산을 거론하였다. '瓦屋寒堆春後雪(와옥한퇴춘후설: 와옥산엔 봄 지난 뒤에도 눈 쌓여 춥고), 峨眉翠掃雨餘天(아미취소우여천: 아미산엔 비 온 뒤 하늘 쓸어 비취빛이죠)'은 인구에 회자되는 명구이다. 봄이 지난 뒤에도 여전히 눈 덮인 와옥산과 비 그친 뒤 더욱더 푸른 아미산을 묘사하였다. 시인은 이때 산동 지역에 있었다. 사천과는 아주 먼 거리이다. 그런데 와옥산과 아미산을 눈앞에 있듯이 그려 그렇게 먼 거리임을 실감하지 못한다. 물론 이런 분위기를 띄운 건 앞 연이다. '고운孤雲', '낙조落照' 등을 제시하며 마치 교서 지역에서 서천 지방이 보이는 것처럼 표현하였기 때문이다. 시인은 당시 경학을 거론하는 것은 시의적절하지 않다고 여겼다. 춘추학을 거론하는 것조차 웃음거리가 되는 분위기다. 육일거사인 구양수는 소식의 스승이다. 도연명의 〈귀거래사〉와 시 그리고 술이 등장하는 것은 시인이 추구하는 바가 무엇인지 분명히 알려준다. 왕안석의 신법에 반대하여 지방으로 폄적된 시인의 처지가 이럴 수밖에 없다. 천성이 자연을 좋아하여 귀거래를 외친 도연명과는 다르다. 권력 다툼에서 패배한 수장의 어쩔 수 없는 선택이다.

06

기
타

感遇
감우시

: 唐_陳子昂

其一	제1수
浩然坐何慕,	느긋이 앉아 무엇을 바랄까?
吾蜀有峨眉.	우리 촉 땅엔 아미산이 있도다.
念與楚狂子,	생각건대 초나라 광인과 더불어
悠悠白雲期.	유유히 흰 구름 위에서 기약하나,
時哉悲不會,	때를 만나지 못한 것이 슬퍼
涕泣久漣洏.	오랫동안 눈물만 연신 흘린다.
夢登綏山穴,	꿈속에서 수산 동굴에 오르고
南采巫山芝.	남쪽 무산에서 영지를 따노라.
探元觀群化,	도를 찾아 무리의 변화를 살피면서
遺世從雲螭.	세상 버리고 용을 따라가지만,
婉孌時永矣,	용이 때때로 너무 멀리 날아가
感悟不見之.	문득 깨어나니 보이지 않는구나.

* **婉孌**(완련) : 용이 날아가는 모양.

초광자^{楚狂子}의 '초광'은 '초나라 광인'의 줄인 말로, 《논어》 〈미자편^{微子}
篇〉에 등장하는 '접여^{接輿}'를 가리킨다. 그는 아미산에서 살았다. '狂士(광사: 미
친 선비)'의 통칭으로도 쓰인다. '자'는 미칭 접미사이다.

참고 수산^{綏山}은 당시 아미산의 하나인 이아^{二峨}로 선인들이 사는 곳이라 여
겼다. 사람들은 이 산에 있는 복숭아를 먹으면 신선이 되거나, 최소한 호걸이
된다고 믿었다.

진자앙 陳子昻_천쯔앙, 661~702

자는 백옥^{伯玉}(혹은 白玉)이고 재주^{梓州} 사홍^{射洪}(지금의 쓰촨 성에 속함) 사람이
다. 예종^{睿宗} 문명^{文明} 원년(684)에 진사가 되어 무측천 장수^{長壽} 2년(693)에 우
습유^{右拾遺}를 지냈다. 696년에 무유의^{武攸宜}를 따라 거란 토벌에 나선 후에 여러
차례 전쟁에 대한 반대 상소를 올렸다가 강등되었다. 이후 무씨^{武氏} 일족과 충
돌로 벼슬에서 물러나 고향으로 돌아왔으나, 현령인 단간^{段簡}의 모함으로 옥
사하였다. 젊은 시절 건공입업^{建功立業}이라는 큰 포부를 가졌으나, 평생 낮은 벼
슬을 전전하다가 투옥도 되고 은거하기도 하였다.

해설 진자앙은 모두 127수의 시를 지었는데, 이 중 〈감우시〉 38수는 〈등유
주대가^{登幽州臺歌}〉, 〈계구람고^{薊丘覽古}〉와 함께 가장 알려진 작품이다. 완적의 〈영
회시〉와 마찬가지로 오랜 기간 지은 작품을 모은 것이다. 〈감우시〉 38수의 내
용을 보면 현실비판^{現實批判}, 회재불우^{懷才不遇}, 은둔피세^{隱遁避世}, 종군변새^{從軍邊塞}
등으로 요약할 수 있다. 이 시는 제36수이다.

감상 '호연^{浩然}'은 '넓고 크다'라는 의미이며, '호연지기^{浩然之氣}'라는 사자성어로 잘 알려져 있다. 그 뜻은 사물에서 해방된 자유로운 마음, 혹은 하늘과 땅 사이에 가득 찬 넓고 큰 정기를 일컫는다. 여기서는 전자의 의미에 가깝다. 그래서 '느긋이'라고 번역하였다. 시인은 먼저 흰 구름 낀 아미산 깊은 산속에서 접여와 만나 은일생활을 희망하지만, 시대가 달라 만날 수조차 없음에 눈물 짓는다. 다시 신선세계인 수산과 무산 등지로 다니며 속세를 벗어나고자 용을 따라가지만, 정신을 차려보니 헛된 꿈이었다. 아미산을 매개로 자신의 탈속적 염원을 담았다. '초광자'는 은사의 대표적 인물이며, '수산^{綏山}'과 '무산^{巫山}'은 신선세계로 알려져 있다. 그리고 '探元觀群化(탐원관군화: 도를 찾아 무리의 변화를 살피면서)'와 같은 시구는 철리적인 내용을 담고 있다. 따라서 산수시, 유선시, 철리시의 내용을 모두 포함하는 피세적^{避世的} 서정시이다. 또한 이 시는 현실-은일세계-신선세계-현실로 순환하는 은일시의 보편적 결구 형태를 갖추고 있다.

其二　　　　　제2수

金鼎合神丹,　　금 솥에서 신단을 만든다니

世人將見欺.　　세상 사람들 속아 넘어가고,

飛飛騎羊子,　　훨훨 날아다닌다는 기양자가

胡乃在峨眉.　　어찌 아미산에 머물겠는가?

變化固非類,　　변화하면 참으로 같을 수가 없으니

芳菲能幾時.　　화초의 향내 언제까지 유지될까?

疲痾苦淪世,　　세상사에 빠져 지치고 병드니

憂悔日侵淄.　　근심과 회한이 매일 검게 파고들어,

眷然顧幽褐,　　은사가 그리워 돌아보면서

白雲空涕洟.　　흰 구름 향해 헛되이 눈물짓는다.

* 神丹(신단) : 도교에서 말하는 영약靈藥의 일종. 이것을 복용하면 신선이 된다고 함.
* 騎羊(기양자) : 이백의 〈등아미산〉 '참고' 참조.
* 眷然(권연) : 사모하여 뒤돌아 봄.
* 幽褐(유갈) : 검은 삼베옷, 즉 '은사隱士'를 가리킨다.

감상 이 시는 신선사상에 대한 자신의 견해, 자신의 현재 상황, 그리고 은일에 대한 자신의 감정을 순서대로 서술하였다. 시인은 늘 신선을 통한 탈속적 기대를 버리지 않았다. 그런데 갑자기 신선에 대한 이성적 판단을 하면서, 신선술의 기만을 얘기하고 신선의 무병장수를 부정하였다. 세상은 언제나 물질대사가 이루어져 영원한 것은 존재할 수가 없다는 맥락에서 나왔다. 항상 '변화'한다는 얘기다. 허구적인 신선세계로부터의 탈출이다. 현실로 돌아온 시인은 '疲痾(피아: 피로와 병)'와 '憂悔(우회: 근심과 후회)'를 한꺼번에 느낀다. 그리하여 은사를 그리워하며 멀리 떠 있는 흰 구름 바라보며 공연히 눈물짓는다. 그런데 이 눈물의 의미는 무엇일까? 앞에 소개한 〈감우시〉 제36수에 등장하는 '念與 楚狂子, 悠悠白雲期. 時哉悲不會, 涕泣久漣洏(염여초광자, 유유백운기. 시재비 불회, 체읍구련이: 생각건대 초나라 광인과 더불어, 유유히 흰 구름 위에서 기약하나, 때를 만나지 못한 것이 슬퍼 오랫동안 눈물만 연신 흘린다)'와 동일한 눈물이다. 다시 말해, 은사에 대한 그리움에 북받쳐 나온 눈물이다. 은일에 대한 진정한 갈구라 할 수 있다.

聽蜀僧濬彈琴
촉의 승려 준이 켜는 거문고 소리를 들음

：唐_李白

蜀僧抱綠綺,	촉 승려가 녹기금綠綺琴 안고
西下峨眉峰.	서쪽 아미산에서 내려왔네.
爲我一揮手,	나를 위해 손을 힘차게 움직이니
如聽萬壑松.	수많은 골짝 솔바람 소리 듣는 듯하네.
客心洗流水,	나그네 마음 흐르는 물로 씻은 듯하고
餘響入霜鐘.	여음餘音은 종소리와 섞이네.
不覺碧山暮,	어느덧 푸른 산에 저녁이 드니
秋雲暗幾重.	가을 구름 겹겹이 어두워지네.

* 綠綺(녹기) : 푸른 비단으로 싼 거문고. 즉, 녹기금綠綺琴.
* 萬壑松(만학송) : 수많은 골짝의 솔바람 소리, 즉 자연의 소리.

참고 전설에 의하면, 촉 지역 승려인 준이 켜는 거문고 소리에 천상의 선녀들도 도취하여, 개구리로 변해 연못에서 몰래 듣다가 와와 소리를 내며 따라했다고 한다. 이 개구리가 바로 아미산의 '희금와姬琴蛙'(혹은 탄금와彈琴蛙)이다.

해설 제1연 '蜀僧抱綠綺, 西下峨眉峰.(촉승포녹기, 서하아미봉: 촉 승려가 녹기금綠綺琴 안고, 서쪽 아미산에서 내려왔네.)'을 가지고 논란이 많았다. 승려인 준이 내려온 것을 두고, 이백이 아미산에 오른 적이 없기 때문이라는 측과, 반대로 유람을 좋아하는 이백이 여섯 달이나 그곳에 머물면서 올라가지 않았을 리가 없다는 측이 팽팽히 대립하였다. 그런데 이 연은 이백의 아미산 등정 여부와는 아무 상관이 없다. 왜냐 하면 이 시는 시인이 안후이 성에 머물 때 지은 것이기 때문이다. 고로 '서쪽 아미산에서 내려왔다'는 말은 즉, '고향인 사천성에서 왔다'는 의미이다. 이백의 아미산 등정에 대해 굳이 답을 하자면, 이백은 개원(713-741) 연간에 아미산 만년사에서 승려인 준과 친하게 지냈다는 기록이 있어, 아미산에 오른 것은 분명하다.

감상 시인은 서기 753년 초가을 선주宣州(지금의 안후이 성 선성宣城현)로 가서 친구에게 의지해 살았는데, 그곳 산중에 있는 영박사靈泊寺에서 30년 만에 고승高僧인 친구 준을 다시 만났다. 거문고 대가인 준은 시인을 위하여 아미산에서 가져온 거문고를 켰고, 시인은 이에 화답하여 시를 지었다. 시인은 거문고 소리를 '만학송'에다 비유하였는데, '만학송'은 '자연의 소리'를 의미한다. 예로부터 이 세상에서 가장 좋은 소리는 자연에서 절로 나는 소리라고 생각하였다. 그래서 거문고의 음률을 흐르는 물소리에 비유하였고, 그것으로 객지에 머물러 있는 자신의 고독한 마음을 씻는다고 하였다. 또한 절에서 가장 아름다운 소리는 그윽한 산수로 울려 퍼지는 종소리이다. 시인은 거문고 소리와 종소리가 어

울리니 지상 최고의 소리가 거기에 있다고 여겼다. 그런 가운데 어느덧 저녁이 되어 하늘을 보니 이미 가을구름이 덮여 있었다. 시에 등장하는 '가을'이란 주로 인생의 노년기를 상징한다. 대부분 미련尾聯에 등장하는데, 이 시도 마찬가지로 '秋雲(추운: 가을 구름)'이 등장하였고, 나아가 '暗(암: 어두움)'이 등장하였으며, 그것도 모자라 '幾重(기중: 몇 겹)'이란 관형어를 첨가하여 그 농도를 짙게 하였다. 아무런 희망도 없는 암울한 노년기를 맞은 시인의 고뇌를 우회적으로 표현한 것이다.

峨眉東脚臨江聽猨懷二室舊廬
아미산 동쪽 기슭 강가에 다가가
원숭이 소리 들으며 이실의 옛집을 생각함

：唐_岑參

峨眉烟翠新, 아미산 구름이 새롭게 푸르니

昨夜風雨洗. 어젯밤 비바람이 씻어주었네.

分明峰頭樹, 산봉우리에 선 나무 분명한데

倒挿秋江底. 가을 강바닥에 거꾸로 꽂혀 있구나.

久別二室間, 이실과 오래 떨어져 있은 건

圖他五斗米. 타지에서 출사를 도모했기 때문.

哀猿不可听, 슬픈 원숭이 소리 들을 수 없어

北客欲流涕. 북으로 간 나그네 눈물 흘린다.

* 二室(이실) : 중악中岳인 숭산嵩山의 태실산太室山과 소실산少室山. 예부터 은일장소로 꼽힌다.

잠삼 岑參_천선, 715~770

당대 남양南陽(지금의 허난 성 신야新野) 사람으로, 천보天寶 3년(744)에 진사에 급제하였다. 대력大曆 원년(766)에 승상 두홍점杜鴻漸을 수행하여 7월에 성도成都에 도착하였다. 다음 해 7월부터 그다음 해 7월까지 가주嘉州(지금의 낙산시)자사를 지냈다. 장안으로 돌아가지 못하고 촉 땅에서 죽었다.

감상 어젯밤 비바람이 불더니 아침이 더욱 맑다. 떠다니는 구름은 푸른 하늘에 물들어 비취빛을 띤다. 아미산 전체가 깨끗하다. 멀리 산봉우리에 서 있는 나무도 선명하게 보이고, 강물에 비친 그림자도 마치 강바닥에 나무가 거꾸로 꽂힌 듯하다. 아미산의 가을 정경을 하늘과 산 그리고 강물을 통해 묘사하였다. 아미산 동쪽 끝자락 강가에 도착한 시인은 문득 원숭이 소리를 들었다. 후베이 성 강릉江陵 출신인 시인은 벼슬하기 위해 일찍이 장안에 올라왔으나 30세에 겨우 진사에 합격하였다. 그리하여 안서安西(신강성新疆省 투루판 근처) 절도사의 서기관으로 두 번에 걸쳐 북서변경의 사막지대에 종군하였다. 그러다 보니 자연과 더불어 사는 여유로운 생활 자체가 쉽지 않았다. 오랜만에 아미산을 찾은 시인은 자신의 인생역정을 돌이켜 보며 고향에 대한 향수와 회한의 심정을 이 시의 후반부에 담았다. '북객北客'은 시인 자신이고, '哀猿(애원: 슬픈 원숭이)'과 '流涕(유체: 눈물 흘리다)'를 통해 그의 심정을 드러내었다.

漫成二首
붓 가는 대로 지음

:唐_杜甫

其一 　　　　제1수

野日荒荒白, 　　들판의 해는 거칠어도 밝게 빛나고

春流泯泯淸. 　　봄날 강물은 소리 없이 맑게 흐르네.

渚蒲隨地有, 　　물가의 부들은 흙 쫓아 피고

村徑逐門成. 　　마을의 길은 문 따라 생기네.

只作披衣慣, 　　단지 옷 걸치는 데 익숙하여

常從漉酒生. 　　늘 술 빚는 자 쫓으며 살아가네.

眼邊無俗物, 　　눈가엔 속세의 기색 없으니

多病也身輕. 　　병은 많아도 몸만은 가볍구나.

해설　이 시는 상원上元 2년(761)에 지었다. 759년 성도에 도착한 두보는 다음 해(760) 봄에 친구들의 도움을 받아 성 밖 서쪽으로 약 칠 리 떨어진 곳에 초가집을 지었다. 이것을 '초당'이라고 불렀다. 여기서 주변의 아름다운 경물에 끌려 산수시를 많이 지었다. 나아가 전원자락을 시에 담기도 하였다.

감상　이 시는 제목에서 알 수 있듯이 어떤 목적을 가지고 지은 것이 아니다. 농촌 풍경을 즐기다 저절로 흥이 돋아 아무런 제약 없이 그냥 보고 느낀 대로 써 내려간 작품이다. 전체를 반으로 나누어 앞 네 구는 서경을, 뒤 네 구는 서정을 노래하였다. 제1, 2구가 멀리서 바라본 경치[원경遠景]라면, 제3, 4구는 가까이서 관찰한 사물[근경近景]이다. 들판의 해나 봄날의 강줄기는 흔히 등장하는 소재이지만, '황황荒荒'이나 '민민泯泯' 등의 첩자 사용은 풍부한 미적 경험과 탁월한 어휘 구사 능력에서 나온 것이다. '황황'은 거친 모양으로, '민민'은 조용한 모양으로 보았다. 또한 물가의 부들[저포渚蒲]은 흙에서 피고, 마을의 길[촌경村徑]은 인가 따라 생기는 것이 당연하나, 시인의 눈에는 생태환경과 인간 사회 나아가 만물의 질서가 새롭게 보였다. 마을을 이리저리 다니며 이웃과 함께 술자리를 하는 것은 전원자락田園自樂의 좋은 예이다. 이런 전원생활에 탐욕적인 것이 묻어날 수 없으니, 몸은 늙고 병들어도 가뿐하게 느껴지는 것이다. 무위자연의 삶을 노래한 것으로, 철리哲理적인 내용을 담고 있다.

其二　　　　　　　제2수

江皋已仲春,　　　강 언덕은 이미 봄이 무르익고

花下復清晨.　　　꽃 아래는 다시 맑은 새벽이다.

仰面貪看鳥,　　　얼굴 들어 새 보는 데 푹 빠져

回首錯應人.　　　머리 돌려 남에게 응대를 잘못한다.

讀書難字過,　　　책 읽다 어려운 글자는 지나치고

對酒滿壺頻.　　　술 마주하면 항아리 빈번히 채우노라.

近識峨眉老,　　　아미산 노인과 가까이 알고 지내니

知予懶是真.　　　나에게 게으름이 참이라는 것도 알았다.

감상 이 시는 시인 자신의 전원생활을 그렸다. 우선 봄날 아침 맑은 허공 속을 나는 새를 통해 생동감 넘치는 자연미를 자신의 탐미적 경험을 통하여 알리고자 하였다. '貪看鳥(탐간조: 새 보는 데 푹 빠져)', '錯應人(착응인: 남에게 응대를 잘못한다)'은 아름다운 자연에 대한 무한한 사랑을 의미하는 것이며, 특히 '貪'은 정경교융情景交融의 촉매 역할을 하는 시어이다. 그리고 책 읽고 술 마시는 여유로운 생활을 묘사하였는데, 책을 읽으면서도 어려운 글자는 대충 넘어가는 것은, 지식 습득을 위한 책읽기가 아님을 밝히고 자신의 의도적이며 차별화된 여유로움을 알리기 위해서이다. 마지막 연에 언급한 아미산 노인은 은일과 관련이 있는 인물로 보이는데, 과거의 인물로 보면 초나라의 광인 접여接輿가 손꼽힌다.

秀州報本禪院鄉僧文長老方丈
고향사람인 수주 보본선원의 고향 승려 문급주지스님

: 宋_蘇軾

萬里家山一夢中,　수만 리 밖 고향 산천은 한낱 꿈일 뿐이고

吳音漸已變兒童.　오지역 방언은 차츰 애들을 바꿔놓았네.

每逢蜀叟談終日,　촉지방 출신 늙은이 만나 온종일 얘기하니

便覺峨眉翠掃空.　문득 파랗게 칠한 아미산 하늘 생각나네.

師已忘言眞有道,　스님은 할 말 잊고 참으로 도를 얻지만

我除搜句百無功.　나는 시구만 찾을 뿐 아무것도 하는 게 없네.

明年採藥天台去,　내년에 약초 캐러 천대산에 가면

更欲題詩滿浙東.　다시 시를 지어 절동지방에 채우리라.

* 秀州(수주) : 저장 성 수수秀水현.
* 報本禪院(보본선원) : 당나라 때 지은 것으로, 송나라 때는 본각사本覺寺라 불렀다.
* 鄉僧(향승) : 고향이 같은 승려.
* 文長老(문장로) : '文及長老'의 줄인 말. 장로長老는 스님에 대한 존칭, 즉 문급文及스님.
* 方丈(방장) : 주지스님.
* 吳音(오음) : 강소와 절강을 포함한 강남지역의 방언.
* 蜀叟(촉수) : 촉지방 출신의 늙은이, 즉 문급스님.
* 天台(천대) : 천대산. 저장 성에 있는 명산.

해설　소식은 희녕 5년(1072) 말에 이곳을 찾아 주지인 문급스님을 만났다. 그가 촉 지방 출신인 것을 알고 편안히 대화를 나누다 이 시를 지었다. 그들은 두 번밖에 만난 적이 없으나 소식은 세 수의 시를 지었다.

감상　시인은 고향을 떠나온 지 꽤 오래되었다. 고향은 꿈속같이 아득하고 애들은 이미 오지역 방언에 익숙해졌다. 촉지방 출신인 문급스님을 만나 고향 애기로 하루를 보냈다. 그러다 문득 생각난 것이 아미산의 파란 하늘이다. 앞의 시 〈기여미주寄黎眉州〉에도 '峨眉翠掃雨餘天(아미취소우여천: 아미산엔 비 온 뒤 하늘 쓸어 비취빛이죠)'라는 유사한 시구가 나온다. 시인이 아미산의 대표 특색으로 '파란 하늘'을 손꼽았다. 승려는 불도佛道를 깨우치는 것이 궁극적인 목표지만, 시인은 좋은 시로써 이름을 날리는 것이 최고 영예이다. 스님과 얘기하다 문득 자신의 현재 모습이 생각났다. 시인으로서의 욕망과 권력에 대한 체념이 동시에 부각된 작품이다.

凌雲醉歸作
능운산에서 취해 돌아와 지음

:宋_陸游

峨眉月入平羌水,　　아미산 달빛이 평강수에 드니

嘆息吾行俄至此.　　내가 잠시 여기에 이르러 탄식하네.

謫仙一去五百年,　　적선이 간 지 어느덧 오백 년

至今醉魂呼不起.　　취한 혼을 지금은 부를 수가 없구나.

玻璃春滿琉璃鍾,　　귀한 잔에 파리춘을 가득 채우니

宦情苦薄酒興濃.　　벼슬 욕심 사라지고 주흥이 솟아나네.

飮如長鯨渴赴海,　　큰 고래가 목말라 바닷물 들이키듯

詩成放筆千觴空.　　시 쓰는 걸 멈추고 수없이 잔 비우니,

十年看盡人間事,　　지난 십 년간 인간사 다 겪어서

更覺麴生偏有味,　　술이 새삼 맛있음을 느끼노라.

君不見,　　　　　　그대는 보지 못했는가?

葡萄一斗換得西涼州,　포도주 한 말로 서쪽 양주지방 얻었다지만

不如將軍告身供一醉.　장군 직첩 내려놓고 한번 취하니만 못한 것을.

* 平羌(평강): 평강강平羌江.
* 謫仙(적선): 이백.
* 玻璃春(파리춘): 미주眉州의 명주名酒.
* 琉璃鍾(유리종): 귀한 잔을 비유한 말.

* 麴生(국생): '술'의 다른 이름.
* 告身(고신): '직첩職牒'의 다른 이름. '직첩'은 조정에서 관직을 내리는 명령서.

참고 '일두박양주—斗博涼州'는 '한 말의 술로 양주를 얻다'라는 뜻으로, 의역하면 '뇌물로 큰 벼슬을 하다'라는 의미이다. 한나라 영제靈帝 때 맹타孟佗라는 사람이 당시 조정을 전횡하던 장양張讓에게 포도주 한 말을 바치고 양주자사가 되었다는 고사에서 나온 말이다.

해설 이 시는 가주에 근무하면서 지은 작품이다. 융흥 4년(1173) 가을 작품으로 추정한다.

감상 이 시는 언뜻 보아도 이백의 시와 비슷하다. 첫 번째 구 '峨眉月入平羌水(아미월입평강수: 아미산 달빛이 평강수에 드니)'는 이백의 〈峨眉山月歌〉의 '峨眉山月半輪秋, 影入平羌江水流(아미산월반륜추, 영입평강강수류: 가을밤 아미산에 반달이 솟아, 평강강에 그림자 드니 물길 따라 흐르네)'에서 따온 것이며, '군불견君不見'으로 시작하는 마지막 세 구는 〈장진주將進酒〉를 그대로 모방하였다. 의경 또한 비슷하여 표일飄逸한 자태와 호방豪放한 기질을 그대로 재현하였다. 시인이 촉지방으로 내려간 것은 건도乾道 6년(1170)이었다. 이때 나이 46세였다. 순희淳熙 5년(1178)까지 약 8년간 그곳에 머물면서 술과 시를 늘 가까이하였는데, 이는 영토를 빼앗긴 일국의 신하로서 울분을 참지 못해서이다. 그래서 후대에서는 그를 송대 최고의 '애국시인'으로 칭송한다.

심우영

성균관대학교 중어중문학과 졸업(학사)
대만 국립정치대학 중문과 졸업(석사)
대만 국립정치대학 중문과 졸업(박사)
한국중문학회 회장
한국중어중문학회 부회장
캐나다 UBC(브리티시컬럼비아 대학) 방문학자

현) 상명대학교 중국어문학과 교수
　　상명대학교 한중문화정보연구소 소장

『중국시가여행』
『태산, 시의 숲을 거닐다』
『형산, 시의 산을 오르다』
외 다수